Tucholsky   Wagner   Zola   Scott
     Turgenev   Wallace   Fonatne Sydow   Freud   Schlegel

    Twain   Walther von der Vogelweide   Fouqué   Friedrich II. von Preußen
                   Weber   Freiligrath
 Fechner   Weiße Rose   von Fallersleben   Kant   Ernst   Frey
         Fichte   Richthofen   Frommel
            Engels   Fielding   Hölderlin
   Fehrs   Faber   Flaubert   Eichendorff   Tacitus   Dumas
                                           Eliasberg   Ebner Eschenbach
         Maximilian I. von Habsburg Fock   Zweig
  Feuerbach   Eliot   Vergil
               Ewald
        Goethe   Elisabeth von Österreich   London
 Mendelssohn   Balzac   Shakespeare
        Trackl   Lichtenberg   Rathenau   Dostojewski   Ganghofer
              Stevenson   Doyle   Gjellerup
 Mommsen   Tolstoi   Hambruch
       Thoma   Lenz   Hanrieder   Droste-Hülshoff
 Dach   Verne   von Arnim   Hägele
        Reuter   Rousseau   Hagen   Hauff   Humboldt
  Karrillon   Garschin   Hauptmann
                      Defoe   Gautier
       Damaschke   Descartes   Hebbel   Baudelaire
                                        Hegel   Kussmaul   Herder
 Wolfram von Eschenbach   Dickens   Schopenhauer
          Darwin   Melville   Rilke   George
    Bronner   Grimm Jerome
       Campe   Horváth   Aristoteles   Bebel   Proust
 Bismarck   Vigny   Barlach   Voltaire   Federer
                    Gengenbach   Heine   Herodot
 Storm   Casanova   Tersteegen   Grillparzer Georgy
       Chamberlain   Lessing   Langbein   Gilm
 Brentano   Gryphius
              Claudius   Schiller   Lafontaine
 Strachwitz   Schilling Kralik Iffland Sokrates
      Katharina II. von Rußland   Bellamy
                         Gerstäcker   Raabe   Gibbon   Tschechow
 Löns   Hesse   Hoffmann   Gogol   Wilde   Gleim   Vulpius
    Luther   Heym   Hofmannsthal   Klee Hölty   Morgenstern
      Roth   Heyse Klopstock   Kleist   Goedicke
 Luxemburg   Puschkin   Homer   Mörike
          La Roche   Horaz   Musil
    Machiavelli   Kierkegaard   Kraft   Kraus
 Navarra Aurel   Musset   Moltke
   Nestroy Marie de France   Lamprecht Kind Kirchhoff Hugo
                        Laotse   Ipsen
     Nietzsche   Nansen   Liebknecht
              Marx   Ringelnatz
  von Ossietzky   Lassalle Gorki   Klett   Leibniz
          May   vom Stein Lawrence   Irving
  Petalozzi   Knigge
       Platon   Pückler   Michelangelo
   Sachs   Poe   Liebermann   Kock   Kafka
      de Sade Praetorius   Mistral   Korolenko
                           Zetkin

Im Grafenschloß

Paul Heyse

Impressum

Autor: Paul Heyse
Umschlagkonzept: toepferschumann, Berlin

Verlag: tradition GmbH, Hamburg
ISBN: 978-3-8424-0589-9
Printed in Germany

Ziel der TREDITION CLASSICS ist es, tausende deutsch- und
fremdsprachige Klassiker wieder in Buchform verfügbar zu
machen. Die Werke wurden eingescannt und digitalisiert. Dadurch
können etwaige Fehler nicht komplett ausgeschlossen werden.
Unsere Kooperationspartner und wir von tradition versuchen, die
Werke bestmöglich zu bearbeiten. Sollten Sie trotzdem einen Fehler
finden, bitten wir diesen zu entschuldigen. Die Rechtschreibung der
Originalausgabe wurde unverändert übernommen. Daher können
sich hinsichtlich der Schreibweise Widersprüche zu der heutigen
Rechtschreibung ergeben.

Text der Originalausgabe

Paul Heyse

Im Grafenschloß

(1861)

Einen Sommer lang hatte ich auf der Universität häufigen und vertrauten Verkehr mit einem jungen Manne, dessen seelenvolles Gesicht und edle Sitten auf jeden, der ihm nur flüchtig nahe kam, einen gewinnenden Eindruck machten. Vertraut darf ich unser Verhältniß wohl nennen, weil ich der Einzige aus unserem studentischen Kreise war, den er aufforderte, ihn zu besuchen, und der dann und wann seinen Besuch empfing. Aber von jener ungebundenen, überschwänglichen, nicht selten zudringlichen Verbrüderung, wie sie unter der studirenden Jugend hergebracht ist, waren wir, als wir uns im Herbst trennten, fast so weit entfernt, wie auf jenem ersten Spaziergange längs dem Rheinufer, wo uns der gleiche Weg und das gleiche Entzücken an der wundervollen Frühlingslandschaft zusammenführten.

Selbst in seine äußeren Verhältnisse hatte er mich nur nothdürftig eingeweiht. Ich wußte, daß er aus einem alten gräflichen Hause stammte, seine Knabenzeit im Schloß seines Vaters unter der Leitung eines französischen Hofmeisters verlebt hatte, dann mit diesem auf Reisen geschickt und endlich auf seinen ausdrücklichen Wunsch zur Universität gegangen war. Hier erst hatte er klar erkannt, was ihm bisher nur als eine dunkle Ahnung nachgegangen war, daß es ihm an aller regelmäßigen Bildung fehlte. Nun schloß er sich Jahre lang mit Büchern und Privatlehrern ein, ließ draußen das wilde Burschenleben vorüberbrausen, ohne von seiner Arbeit aufzusehen, und war, da ich ihn kennen lernte, so weit gediehen, daß er mit der Politik des Aristoteles aufstand und mit einem Chorgesang des Euripides zu Bette ging.

Kein Hauch von pedantischem Notizenstolz, kein Anflug von unfruchtbarem Staube beschwerte seinen Geist nach diesen ernst angespannten Lehrjahren. So viele fleißige Leute arbeiten, um nur nicht leben zu müssen. Er erlebte alles, was er arbeitete, denn er arbeitete immer aus dem Vollen, mit allen Organen zugleich. Einen geistigen Gewinn, der nicht zugleich seinem Charakter zu Gute kam und mit den Bedürfnissen seines Gemüths im Widerspruch stand, kannte er nicht, erkannte er nicht an. In diesem Sinne war er vielleicht die idealste Natur, die mir je begegnet ist, wenn das Wort nicht in dem platten Sinne mißbraucht wird, wo es eine weiche Schönseligkeit, eine Abkehr von der kalten und unsanften Wirklichkeit der Dinge bedeutet, sondern den freilich seltneren Trieb, aller engen, fachmäßigen Abrichtung, selbst um den Preis glänzender Erfolge, auszuweichen und ein Menschheits-Ideal mit festem Muth und bescheidener Hoffnung im Auge zu behalten.

So war es auch begreiflich, daß die gewöhnlichen studentischen Vergnügungen unseren jungen Einsiedler wenig lockten. Man legte es ihm als aristokratischen Hochmuth aus, von dem er völlig frei war. Allerdings hatte seine Erziehung einen Widerwillen gegen das Rohe, Unsäuberliche und Maßlose in ihm befestigt. Aber das Bedürfniß äußerer Reinlichkeit war ihm schon angeboren, eben so sehr, wie ein fast weibliches Zartgefühl in allen sittlichen Dingen. Ich habe nie eine größere Willensstärke, eine männlichere Energie des Geistes mit so viel mädchenhafter Scheu, von Herzensangelegenheiten zu reden, vereinigt gefunden. Darum mied er die lauten Gelage, in denen zwischen Weindunst und Tabaksqualm über Vaterland, Freiheit, Liebe und Freundschaft, Gott und Unsterblichkeit mit gleichem breiten Behagen, wie über den letzten Ball oder den Schnitt einer neuen Corpsmütze verhandelt wurde. Ja, auch unter vier Augen, wo er über ein *wissenschaftliches* Problem aufs beredteste sich ergeben konnte, gerieth er nur selten auf Fragen, über die nur die geheimste, persönlichste Natur im Menschen entscheidet. Politik, Historie, Staatswissenschaft und die Alten trieb er mit Leidenschaft; da wurde er in der Debatte oft so warm und überströmend, als spräche er zu einem ganzen Volk, das er mit fortzureißen trachtete. Die täglichen Dinge berührte er kaum. Von seiner Familie habe ich ihn niemals sprechen hören.

Nur einmal nannte er seinen Vater. Ich besuchte ihn eines Abends, um ihn zu einer Wasserfahrt aufzufordern, wie er sie sehr liebte, wo wir im kleinen Kahn uns zu einer Weinschenke eine Stunde unterhalb der Stadt hinunter ruderten, um dann nach einem einfachen Mahl unterm Sternenhimmel zurückzuwandern. Ich fand ihn, da er eben seine Feder weggeworfen hatte und mit dem Entschlusse rang, sich zu einer Gesellschaft anzukleiden. Beklagen Sie mich! rief er mir entgegen (zum »Du« haben wir es nie gebracht). Sehen Sie das prachtvolle Abendroth und stellen Sie sich vor, daß ich ihm den Rücken wenden muß, um mich an der Erhabenheit gestirnter Fracks zu weiden.

Dabei nannte er mir eines der ältesten adligen Häuser der Stadt, wo zu Ehren eines durchreisenden Gesandten eine Soiree veranstaltet war.

Und Sie müssen? fragte ich mit aufrichtigem Mitgefühl.

Ich muß wohl, seufzte er. Mein Vater, der mit Gewalt einen Diplomaten aus mir machen will, würde sehr ungehalten sein, wenn ich nach Hause käme und wüßte nicht zu sagen, ob die Soupers des Barons N., an den er mich angelegentlich empfohlen, noch immer ihren europäischen Ruf rechtfertigen. Darum habe ich mich sträflicher Weise zu wenig gekümmert und muß nun zu guter Letzt die Lücken in meinem Cursus ausfüllen.

Er sah mich lächeln und setzte schnell hinzu: Sie müssen wissen, mein Vater denkt über die galonnirte Nichtigkeit, die in den meisten dieser Kreise sich spreizt, wo möglich noch unhöflicher als ich, wenn er auch Anderes dort vermißt, als was *mir* zu wünschen übrig bleibt. *Er* ist ein Mann der alten Schule, ein Diplomat des Empire; er hat die Welt in Flammen stehen sehen und kann die dämonische Beleuchtung nicht vergessen, in der damals Gut und Böse, schön und Häßlich, Hoch und Niedrig an ihm vorüberzog. Jetzt ist Alles friedlich, aber grau, zahm, aber schläfrig – wie es ihm vorkommt. Aber gleichviel, es ist immer noch eine Welt, und wer sie in seinem Kreise beherrschen will, muß sie kennen. Er hat mir nicht viel gute Lehren mit auf den Weg zur Universität gegeben, aber die eine mir in hundert Variationen eingeschärft: Lies mehr in Menschen, als in Büchern. Als ich in deinen Jahren war, pflegte er zu sagen, spielten die Bücher eine viel bescheidnere Rolle; ich kannte manchen genialen Mann, der seit seinem Eintritt in die Gesellschaft nie etwas Anderes las, als den neuesten Roman und die Kriegs-Bulletins, und nichts schrieb als Depeschen und Liebesbriefe. Desto mehr Zeit blieb ihm zum Handeln, wo es nöthig war, und zum Denken – und wo wäre das nicht nöthig? Aber lernen, aus Büchern lernen – das fiel Niemand im Ernste ein; man wußte Alles, es lag in der Luft, und wo ihr heute mit eurem Latein bald zu Ende seid, reichten wir mit unserem Französisch noch eine gute Strecke. – Ich habe mir das gesagt sein lassen und immer wieder einen Anlauf genommen, mich in diese Menschen hineinzulesen. Aber schon nach dem ersten Blättern sah ich gewöhnlich, daß ihre Titel das einzig Wichtige an ihnen sind. Ich muß entweder ein schlechter Leser sein – und ein »geneigter« bin ich freilich nicht – oder die vornehme Welt der neuen Schule lebt wirklich in einem geistloseren Stil. – Der Wagen fuhr vor, und ich ging, denn ich hatte schon öfter bemerkt, daß es ihn verlegen machte, wenn Jemand bei seinem Ankleiden zugegen war. Als ich hernach zufällig an dem Hause vorbeischlenderte, wo das glänzende Fest die ganze Aristokratie versammelte, sah ich ihn eben aussteigen, und wir wechselten einen kurzen, halb ironischen Blick. Ich freute mich an der hohen, kräftigen Gestalt und der wahrhaft ritterlichen Haltung meines Freundes, als er langsam die mit Teppichen bedeckten Stufen hinaufstieg. Auch wußte ich von mehr als Einer Seite, daß er den Frauen gefährlich war; ja man erzählte von einer vornehmen Engländerin, die nach verschiedenen, sehr unzweideutigen Versuchen, ihn zu gewinnen, endlich in heller Wuth und Verzweiflung abgereist sei und zuvor noch einem Papagei den Hals umgedreht habe, der wochenlang bei Tag und bei Nacht den Namen des spröden jungen Grafen zum Fenster hinaus zu schreien pflegte.

Mir war es nie gelungen, etwas Näheres von diesem oder einem anderen Abenteuer zu erfahren; denn überhaupt ging er allem Gespräch über Frauen geflissentlich aus dem Wege, obwohl er mit keinem Worte je den Verdacht erweckte, als denke er gering von ihnen, oder trage etwa eine Wunde durchs Leben, die er neu aufzureißen fürchte. Ich legte mir das nach seiner ganzen Sinnesart so zurecht, daß er, seinen ernsten Zielen nachstrebend, für ein leichtherziges Getändel keine Zeit übrig habe und von einer tieferen Neigung noch nicht berührt worden sei. Seine Mutter war bald nach der Geburt dieses ersten Kindes gestorben. Zuweilen empfing er Briefe einer weiblichen Hand und sagte mir, daß sie von seiner alten Wärterin kämen, die Mutterstelle bei ihm vertreten. Er schien ihr sehr anzuhängen, verweilte aber auch bei ihr nicht lange, da ihm immer Gespräche über seine und meine Studien auf der Seele brannten.

Er war mir um mehrere Jahre voraus und ging, als wir uns im Herbst trennten, nach Berlin, dort sein diplomatisches Examen zu bestehen. Wir sagten uns herzlich, aber ohne Hoffnung eines fortdauernden Verkehrs, Lebewohl. Beide wußten wir, daß es unmöglich sein würde, was wir bisher ausgetauscht, auch in Briefen mit einander zu theilen. Wir waren jung; wir schieden mit dem sicheren Vertrauen, daß uns das Leben unfehlbar wieder zusammenführen würde.

Aber viele Jahre hindurch war er bis auf den Namen für mich verschollen. Das Letzte, was ich über ihn erfuhr, las ich in der Zeitung, daß ein Graf Ernst *** zum Gesandtschafts-Secretair in Stockholm ernannt worden sei. Dann verging wieder eine geraume Zeit ohne die geringste Kunde von ihm, und ich bekenne, daß sein Bild in meinem Andenken ziemlich erblaßt war, als ich, auf einer Fußwanderung begriffen, unvermuthet den Namen seines väterlichen Schlosses auf einem Wegweiser las, der in einen verwachsenen Hohlweg hinaufdeutete, von meiner Straße am Rande des Gebirges im rechten Winkel ablenkend. Ich stand plötzlich still, und wie durch den Schlag eines Zauberstabes war die Gegend um mich her verwandelt. Der Rhein rauschte zu meinen Füßen, und ich sah die edle Gestalt des jungen Mannes wie damals daher wandeln, den Hut in der Hand, das volle, etwas ins Röthliche spielende Haar leise vom Uferwinde bewegt, die schönen, sinnigen Augen über Strom und Gebirge hinstaunend, bis mein Gruß ihn aus seinen Gedanken losriß. Nur einen Moment dauerte dieses Spiel einer visionären Erinnerung. Dann aber fühlte ich ein unbezwingliches Verlangen, der Wirklichkeit selbst wieder ins Gesicht zu sehen und das so lange Versäumte recht aus dem Vollen nachzuholen. Es war früh am Nachmittag. Ich hoffte den Weg nicht zu fehlen und zweifelte nicht im Geringsten, daß ich den Freund in dieser Herbstzeit auf dem Schlosse antreffen würde, da er ein leidenschaftlicher Jäger war und mir von den Bäumen, unter denen er aufgewachsen, mehr als von den Menschen erzählt hatte.

Wohl eine Stunde war ich durch die Schlucht hinauf gewandert, als es mir doch seltsam auffiel, daß die Straße völlig verwahrlost und offenbar über Jahr und Tag von Wagen nicht mehr passirt worden war. In tiefen Rissen moderte das Laub vom vergangenen Herbst, hie und da traf ich auf Felsstücke und morsche Aeste, die ein Wintersturm vom Rande des Hohlwegs hinabgeschleudert hatte, und nur die Spur von Menschentritten ließ sich in dem zähen Boden erkennen. Ich beschwichtigte meine Zweifel mit dem Gedanken, daß wohl längst ein minder abschüssiger Paß vom Schloß nach der Ebene hinaus gebahnt worden sei, obwohl ich freilich beim

Eingang in die Schlucht gesehen hatte, daß kein geraderer Weg nach dem nahen Fabrikstädtchen führen konnte. Jetzt aber, auf der Höhe des Passes angelangt, stand ich wirklich rathlos, denn hier oben liefen ein halb Dutzend gleichmäßig verwilderter Wege zusammen. Ich klomm eine alte, breitästige Buche hinan und überblickte nun erst die Gegend. Ein tiefer und sehr regelmäßig ausgerundeter Thalkessel lag mir zu Füßen, den in prachtvollen, dunkelgrünen Wogen die dichteste Buchenwaldung wie ein tiefer See ausfüllte. Unten, ganz in der Mitte, erhoben sich einige Sinnen und Schornsteine des Schlosses, über dessen Dächern die Wildniß zusammenschlug. Es hatte etwas Märchenhaftes in der klaren Herbst-Abendsonne, die Wetterhähne auf den kleinen Thürmchen blitzen zu sehen, wie man von versunkenen Zauberpalästen erzählt, deren letzte Zinnen bei klarer Luft aus dem Meeresgrunde auftauchen. Dazu erscholl nirgends ein Laut des Menschenlebens. Die Spechte scheiteten eintönig im Wald, ein sorgloses Reh lief an mir vorüber und sah mich mehr verwundert als erschrocken an, und in allen Aesten wimmelte es von dreisten Eichhörnchen, die mit den Hülfen der Bucheckern nach dem Eindringling zielten.

Ich war drauf und dran, meinen Vorsatz aufzugeben, wenn nicht bei schärferem Hinblicken ein dünner Rauch, der über dem verwunschenen Schloß aufstieg, mir angezeigt hätte, daß es nicht ausschließlich Gespenster beherbergen konnte. Daß der Graf sich lange hier nicht hatte blicken lassen, konnte ich aus dem verwilderten Forst mit Sicherheit schließen. Aber irgend ein Schloßvogt oder Waldhüter schien drunten zu hausen. Und so hoffte ich wenigstens Nachrichten von Leben und Ergehen meines Jugendfreundes zu gewinnen und eine Nacht an dem Orte zu schlafen, an dem sein ganzes Herz gehangen hatte.

Aufs Gerathewohl schlug ich einen Pfad thalabwärts ein und versank bald in der wunderbaren Waldnacht, die je über meinem Haupte gerauscht hat.

Aber in der Waldnacht kommen Träume, und sie hatten mich bald so fest eingesponnen, daß ich völlig vergaß, wo ich war und wohin ich wollte, und blindlings die Füße für mein Fortkommen sorgen ließ. Die schritten gleichmüthig aus, so lange, bis sie wohl still stehen mußten, an einem breiten Bach, der dunkel zwischen den Buchen hinfloß. Dabei war aber keine Spur des Weges mehr zu entdecken. Die Bäume standen dicht und verschränkten ihre Zweige mit dem zähen Unterholz zu einer undurchdringlichen Mauer. Ich kehrte sofort um und schritt den Abhang wieder hinauf, bis mich ein Weg zur Rechten ablockte. Den verfolgte ich getrost, suchte dann wieder einen Pfad zu Thal, ging zum zweiten Mal in die Irre und streifte so stundenlang in der ganzen Runde des Thalrings umher, ohne auch nur einen Stein des Schlosses durch die Wildniß schimmern zu sehen. Der Mond glänzte bereits hinter den Buchenwipfeln und ich machte mich darauf gefaßt, in einer luftigen Herberge übernachten zu müssen.

Auf einmal aber, da ich mich's am wenigsten versah, öffnete sich das Gehölz, und wie auf einer Insel mitten im See von Grün stand das graue, alte Schloßgebäude plump und groß mit unzähligen blinden Fenstern, ohne jede Spur, daß Menschen darin wohnten, vor mir da. Eine breite steinerne Brücke lief über den trocknen Schloßgraben in einen dunklen Hof hinein, um welchen die drei viereckigen, schmucklosen Flügel des Baues schwerfällig aufstiegen. Kein Erker, kein Balkon belebte die einförmigen Mauern, nur ein gewaltiges in Stein gehauenes Wappen über dem Hauptportal, dessen heraldische Zeichen ich vom Siegelringe meines Jugendfreundes noch in guter Erinnerung hatte. Oben ums Dach sah das Schloß lustiger und bunter aus. Die Kupferplatten am Giebel glommen sanft im Mondlicht, und über die zahlreichen Thürmchen der Schornsteine mit ihren Fahnenstangen und Wetterhähnen war es wie Silber verspritzt. Ein Licht brannte nirgends, kein Fester sah ich der gelinden Abendkühle geöffnet, und auch der Rauch überm Dach, den ich von oben beobachtet hatte, war verwelkt. Als ich die Brücke betrat und die wilde Vegetation, die aus dem Graben heraufrankte, dazu den Wald betrachtete, der bis dicht an den Burgfrieden vorgedrungen war, konnte ich mich des Gedankens nicht erwehren, daß über fünfzig Jahre all dieses Menschenwerk von der wuchernden Naturkraft verschlungen und durchdrungen sein würde, daß die hohen Buchen ihre Zweige in die verlassenen Säle hineinstrecken, vom Hofe Besitz ergreifen und die Wurzeln in die Kellerverließe hinabsenden würden, bis Stein von Stein weichen müßte und der Wald wieder Alleinherrscher sein dürfte.

So betrat ich den Hof, und das schöne lange Gras, das hier zwischen den Steinplatten wuchs, dämpfte den Wiederhall meiner Schritte. Da hörte ich plötzlich aus einem Häuschen, das an die Schloßmauer neben der Brücke angeflickt war, einen seltsamen Ton, den ich zuerst für das Knarren eines vom Wind regelmäßig bewegten Fensterladens, bald aber nur für das Schnarchen einer groben Baßstimme halten konnte. Ich sah jetzt auch ein Licht in dem einen Fenster und trat leise herzu, ins Innere zu spähen. Zwei Männer saßen da in einem niedrigen, engen Gemach an einem Tisch, auf welchem Weinflaschen und halbgeleerte Gläser zwischen einem Kartenspiel standen. Der Eine hatte sich in die Ecke gedrückt und schlief, der Andere starrte, die kurze Pfeife zwischen den Zähnen, die Ellbogen aufgestützt, mit schläfrig schwimmenden Augen ins Licht, fing dann und wann eine Fliege und verbrannte sie an der Kerzenflamme und wandte kaum den Kopf, als ich an die Scheibe klopfte.

Was giebt's wieder? rief er mit einer vom Trinken durchlöcherten Stimme. Die Mamsell solls Essen herüberschicken, oder der Teufel soll sie holen!

Ehe ich noch etwas erwiedern konnte, hörte ich über den Hof her eine zartere Stimme, die mich anrief: Wer ist da? Ist jemand Fremdes drüben? – Ich wandte mich um und sah unter dem Haupteingang eine weibliche Gestalt, die ich sogleich nach ihrem großen Schlüsselbund am Gürtel für eine Haushälterin und Beschließerin nehmen mußte. Sie war ganz in Schwarz gekleidet bis auf eine mächtige weiße Haube, deren Bänder wunderlich um ihr welkes feines Gesicht flatterten. Ich grüßte sie höflich und fragte, indem ich mich ihr näherte, ob dies auch wirklich das Schloß des Grafen Ernst ***, und er selbst trotz des verödeten Ansehns doch vielleicht anwesend sei. Als ein alter Bekannter, der freilich seit mehr als zehn Jahren nichts von sich hören lassen, wünschte ich zu ihm geführt zu werden.

Die alte Dame sah mich mit einem traurig forschenden Blick eine Zeit lang an und sagte: Dies ist freilich das gräflich ***sche Schloß, aber die Herrschaften, die Sie suchen, finden Sie nicht hier. Es ist schon zwei Jahre her, daß unser Graf Ernst für immer von diesem

Schloß Abschied genommen hat. Oder wissen Sie gar nicht, daß er jetzt in Schweden lebt?

Es ist auch wahr, setzte sie nach einer kurzen Pause hinzu, es geht draußen in der Welt bunter und lauter zu als hier im Walde. Was mir lebenslang im Ohre nachklingt, kommt draußen nicht einmal weit unter die Leute. Aber treten Sie doch ein. Sie können die Nacht doch nicht wieder fort und müssen hier schon fürlieb nehmen. Früher sah es anders aus, gastlicher, und man war gern eine ganze Woche hier auf Besuch. Seitdem aber das Schloß für die zwei kleinen Junker verwaltet wird, ist Alles verfallen. Sie haben selbst gesehen, wie der Schloßvogt, der Monsieur Pierre, und der Forstmeister ihre Zeit mit Sünden todtschlagen. In nichts wird aufgeräumt, als im Weinkeller, und wenn ich ein Wort sage, was geschehen müßte, drehen sich die schlechten Menschen auf dem Absatz herum, und es ist, als hätt' ich's an die Wand hin geredet. Ich selbst bin alt, und meine Augen werden immer schwächer, daß ich's kaum mit der nöthigen Reinlichkeit mehr so genau nehmen kann, wie es recht wäre. Aber so treten Sie doch ein, mein Herr, und genießen etwas und erzählen mir von meinem theuren Grafen Ernst, von dem ich sonst hier nur mit den leeren Zimmern und alten Bildern reden kann. Sie erweisen mir eine wahre Wohlthat durch Ihren Besuch.

Ich stand noch immer in seltsamer Bewegung an den Stufen des Portals, und die dünne, bebende Stimme der Alten, die verblichenen blauen Augen, mit denen sie mich wehmüthig ansah, steigerten die Schauer des Ortes und aller Erinnerungen, die mich hier überfielen.

Sie sind ohne Zweifel, sagte ich endlich, Mamsell Flor, von der mein Freund auf der Universität zuweilen Briefe erhielt. Sie müssen mir viel von seinem früheren Leben erzählen. Er schien Ihnen sehr zugethan zu sein.

Ihre Augen gingen bei diesen Worten plötzlich über. Kommen Sie, sagte sie und streckte mir eine schmale welke Hand entgegen. Sie kennen mich. Wir sind wie alte Freunde. Es thut mir sehr noth, kann ich sagen, einmal wieder ein gutes und zutrauliches Menschengesicht zu sehen. Denn es ist nun schon lange genug, daß ich hier allein unter Dienstboten hause und ich bin es besser gewohnt gewesen.

Sie führte mich in den dunkeln Flur und dann durch einen gewölbten Gang in eine große Halle, die von einigen Kerzen spärliches Licht empfing. Zwei Knechte und eine alte Magd saßen da bei der Abendmahlzeit um einen schweren steinernen Tisch und starrten verwundert auf, als eine fremde Stimme ihnen guten Abend wünschte. Meine Begleiterin gab der Magd einige leise Befehle und wandte sich dann wieder zu mir.

Wir haben nur bescheidene Vorräthe im Haus, sagte sie. Es muß Alles drei Stunden weit durch den Wald herangeschleppt werden, und ich selbst brauche wenig zum Leben. Aber für eine Nacht wird es Ihnen nicht auf feine Küche ankommen. Sehen Sie, die Halle hier diente vor Zeiten zur Capelle, als die Grafen noch katholisch waren. Dann stand sie lange völlig verstaubt und verfallen, bis Graf Heinrich, der Vater unseres Grafen Ernst, den Altar und die Bilder und Stühle wegräumen und hier einen Eßsaal einrichten ließ. Sie können noch die kleine halbrunde Chornische erkennen, da, wo der Boden erhöht und mit Brettern verschlagen ist. Da sehen Sie, da steht der Herrentisch, derselbe, an dem Graf Heinrich, so lange er lebte, jeden Abend speiste, mit den Beamten, dem Förster, dem Schloßvogt (damals noch nicht Monsieur Pierre) und dem Verwalter, und ich mit dem Gesinde, das gar zahlreich war, hier unten am Steintisch. Dann sprachen wir alle kein Wort, auch der Graf that nur selten eine Frage. Hatte er aber vornehme Gäste, so wurde oben im Saal gedeckt, und so auch zu Mittag, wo er immer mit der Frau Gräfin allein speiste. Nun will ich einmal wieder den Armleuchter auf dem Herrentisch anzünden; wer weiß, ob ich ihn im Leben noch einmal brennen sehe!

Sie deckte den Tisch mit einem feinen, schneeweißen Tuch, setzte einen fünfarmigen Kandelaber von schwerem Silber darauf, und bald war ein Mahl aufgetragen, das weit frugaler hätte sein dürfen, um mir nach der langen Wanderung dennoch köstlich zu dünken. Während ich aß und trank, verschwand das alte Fräulein und ließ mich in meiner nachdenklichen Stimmung allein; denn auch die Knechte hatten die Halle verlassen. Da sah ich nun in die dämmerhafte Tiefe des öden Raumes hinab, in den durch wenige schmale Spitzbogenfenster das Mondlicht fiel. Die Kreuzgewölbe der Decke ruhten auf einigen Pfeilern, welche von großen Hirschgeweihen starrten; derselbe Schmuck bedeckte in regelmäßigen Abständen die

Wände, unter jedem Geweih ein Täfelchen, das den Namen des Schützen und das Datum des Jagdtages anzeigte. Wie hatte sich die Welt verwandelt seit dem Tage, an dem hier die erste Messe gelesen wurde, bis heute, wo ein Fremder an dem verlassenen Herrentisch sich niederließ und die verstaubten Jagdtrophäen betrachtete! Ich ergriff den Armleuchter und trug ihn die Wand entlang, auf den kleinen Schildern die Namen lesend; sie reichten in zwei Jahrhunderte hinauf, Grafen, Fürsten und einige fürstliche Prälaten. Selbst ein paar hohe Damen hatten ihr Jagdglück hier verewigt. Und jetzt las ich einen wohlbekannten Namen unter einem stattlichen Vierzehn-Ender: »Am 20. September hat Junker Ernst diesen starken Hirsch, der so viel Enden trug, als der junge Graf Jahre zählt, an der Lichtung beim Rehbrunnen geschossen, Anno Domini 183*.«

In diesem Augenblick hallten schwere Fußtritte über den Gang und zwei Männer traten ungestüm in die Halle. Ich erkannte sogleich das edle Paar neben der Brücke. Die Knechte mochten drüben angezeigt haben, daß ein Fremder im Schlosse sei, und sie hatten sich gewaltsam von Schlaf und Rausch aufgerafft, um ihren Hausrechten nichts zu vergeben. Monsieur Pierre, der Schloßvogt, blinzte mich aus kleinen, gelben, stark geröteten Augen von Kopf bis zu Fuß an, mit einer Miene, in der Schläfrigkeit und Unverschämtheit spaßhaft mit einander kämpften. Er stammelte in einem heiseren, schlechten Französisch allerlei confuse Fragen heraus, die sein Begleiter mit brutaler Amtsstimme abschnitt, indem er gerade auf mich zutrat: Wer ich sei und was ich hier wolle? – Da ich trocken erwiederte, daß ich als ein Freund des Grafen Ernst das Schloß zu sehen wünschte, änderte das saubere Gespann plötzlich Ton und Haltung. Der Vogt überschüttete mich unter fortwährenden katzenhaften Verbeugungen mit seinem ganzen Vorrath devoter Redensarten, der Förster fand aufs glücklichste den Uebergang aus der herrischen Rohheit in eine respectvolle waidmännische Biederkeit, und ich erkannte deutlich, daß ich für eine viel wichtigere Person gehalten wurde, als ich war, für nichts Geringeres, als einen Abgesandten der gräflichen Familie, der den Stand der Dinge auf dem Schloß einer unerwarteten Inspection unterwerfen sollte. Diensteifrig nahm mir der Förster den Armleuchter ab, nöthigte mich, von Neuem Platz zu nehmen, schickte den Knecht in den Keller, vom Aeltesten einige Flaschen heraufzuholen, und ermunterte den immer noch verschlafenen Kollegen durch heimliche Fußtritte und halblaute Flüche, den Ernst der Situation zu begreifen. Mir war wenig darum zu thun, in das Detail der Schloß- und Forstverwaltung eingeweiht zu werden, und das unterwürfige, heuchlerische Geschwätz der beiden Spießgesellen widerte mich an. Als ich daher das alte Fräulein wieder eintreten sah, brach ich kurz ab, entschuldigte mich mit meinem beschwerlichen Tagemarsch und bat, mir mein Nachtlager anzuweisen.

Die Alte warf einen bedeutsamen Blick auf die Zwei, die nur mit Mühe abzuhalten waren, mich hinauf zu begleiten. Haben Sie bemerkt, sagte sie, als sie mir die enge Steintreppe hinauf leuchtete, wie mir der Monsieur Pierre ein drohendes Gesicht schnitt und der Forstmeister gar das Messer aufhob? Sie fürchten, ich möchte sie bei Ihnen verklagen. Lieber Himmel, als ob nicht Jeder von selbst auf den ersten Blick sähe, wie hier Alles drunter und drüber geht. Ich habe es auch einmal nach Schweden geschrieben, aber der Weg ist weit, und aus der Ferne ist dem Uebel doch nicht abzuhelfen. Wer jedoch bessere Zeiten hier erlebt hat, dem nagt der Wurm, der überall in Holz und Seide frißt, geradezu an der Seele.

Es ist ein bischen hoch, entschuldigte sie sich, als wir an die dritte der steilen Treppen kamen; ich habe Sie zu oberst untergebracht, denn ich dachte mir, es würde Ihnen lieb sein, in den Zimmern zu übernachten, wo unser Graf Ernst aufgewachsen ist und auch hernach immer am liebsten war. Da ist's auch am wohnlichsten, denn ich halte da Alles selbst im Stand und fege fleißig den Staub aus den Winkeln. Und wenn Sie morgen aufwachen, können Sie vom Fenster aus unseres Junkers Lieblingsbaum abreichen, der ist inzwischen bis dicht herüber gewachsen. Ja, ja, wer alt wird, sieht manches junge Kind und manchen jungen Baum bis in den Himmel wachsen und klettert ihnen mühsam nach.

Mit diesen Worten langten wir oben an, wo ein langer Corridor an einer Reihe kaum übermannshoher Mansardenzimmer hinlief. Der Lichtschein erschreckte ein paar eben flügge gewordene Fledermäuse, die zappelnd am Boden hinflatterten. Es ist hier irgendwo ein Loch unterm Dach, da dringt mir das Ungeziefer herein, sagte die Alte kopfschüttelnd. Zehnmal hab ich's dem Knecht zu flicken befohlen; er behauptet immer, er könne es nicht finden. So geht's mit allen Sachen. – Indem öffnete sie eine Thür und ließ mich in ein großes, niedriges Gemach vorangehen, wo schon ein Licht auf dem Spiegeltischchen brannte und sogleich eine reine, wohnlichere Luft uns anwehte. Da sind wir, sagte das Fräulein, hier hat er gewohnt, bis er mit seinem Hofmeister, dem Herrn Leclerc, auf Reisen ging, und dann wieder, als er von Universitäten nach Hause kam, und auch das letzte Mal. Es steht und liegt noch Alles, wie sonst. Die Gobelins mit den großen Jagdstücken sind nur noch etwas verschossener, und da der alte Secretär mit dem Bronzebeschlag am Fenster – der Holzwurm wirthschaftet so gräulich darin, daß ich alle Wochen den gelben Staub fingerdick wegzukehren habe. Aber da auf dem Tische steht seine schöne, blaue Wasserflasche und das Mundglas mit der alten Vergoldung, das ihm sein Lehrer einmal geschenkt, und vor dem Bett das Fußdeckchen, ich hab es ihm selber gestickt zu seiner Einsegnung, er hat es nie weggeben wollen, auch da die Stickerei schon ganz zergangen war. Das Bett freilich ist nicht mehr dasselbe, seines habe ich hinunter genommen – und mit einem leichten Erröthen, das dem alten, zarten Gesicht einen rührenden Anstrich von Jugend verlieh, setzte sie hinzu: Ich selber schlafe darin.

Liebe Mamsell Flor, sagte ich, er ist es werth, daß Sie ihn so treu im Herzen tragen. Die unverfälschteste Seele stand ihm an der adligen Stirn geschrieben, daß ihm jeder sogleich alles Beste zutraute, der ihn auch nur von fern vorbeigehen sah. Ich lernte ihn kennen, als er schon verschlossener war. Aber wie muß er Ihnen erst theuer geworden sein, da Sie ihn von Geburt an aufgezogen und wie eine Mutter Alles mit ihm getheilt haben! Warum ist er denn, wie Sie sagen, auf immer aus seiner Heimath weggegangen, die ihm doch so sehr ans Herz gewachsen war?

Sie schüttelte schmerzlich den Kopf und setzte sich auf das alte Kanapee, als würde es ihr im Stehen zu sauer, die Wucht aller Erinnerungen zu tragen, die auf sie einstürmten. Eine Weile blieb sie so in sich versunken, zog dann ein Achatdöschen aus der Tasche und nahm ganz tiefsinnig eine zierliche Prise Tabak, wie um sich zu stärken. Dann sagte sie: Das sind seltsame Geschichten, lieber Herr, und Niemand weiß sie so genau, wie ich. Aber jetzt darf ich wohl davon reden, denn es ist leider über manchem Haupte Gras gewachsen, das viele Jahre jünger war, als mein schwacher Kopf. Nun wird es zu Weihnachten neunundvierzig Jahre, daß ich hier zum ersten Mal die Treppen heraufstieg; ich war damals ein grünes, dummes Ding, eine arme Lehrerstochter, und ich dachte, ich käme geradezu in den Himmel, da mich die Frau Gräfin in ihren Dienst nahm, als eine Art Kammermädchen. Der junge Graf war noch nicht auf der Welt, auch gar geringe Aussicht dazu. Denn mit der Liebe und Zärtlichkeit der gräflichen Herrschaften stand es nicht zum besten. Zwar die Frau Gräfin betete ihren Gemahl noch immer an, trotz Allem, was er sich zu Schulden kommen ließ. Aber sie taugten doch wenig zusammen, und wenn Graf Heinrich, der die meiste Zeit des Jahres auf Reisen war, für ein paar Herbstmonate zur Jagd nach dem Schlosse kam, war seine schöne Frau, die sich so lange nach ihm gesehnt hatte, fast noch unglücklicher. Schon nach wenigen Tagen wußte ich, daß sie großen Kummer hatte, und mußte selbst weinen, wenn ich Morgens ihr Kopfkissen ganz naß und sie selbst mit verschwollenen Augen fand. Denn sehen Sie, der Graf war ein wilder, ungestümer Herr und die Gräfin die Sanftmuth selbst, und so war sie ihm immer zu still und er konnt es nicht lange bei ihr aushalten. Ich meine auch, er hat sie nur seinem Herrn Vater zu Liebe geheirathet. Für ihn hätte so eine schwarzäugige, stolze, eigensinnige Dame gepaßt, eine Französin oder Spanierin, wie sie manchmal zum Besuch hier waren, die ihm was auf zu rathen ge- geben hätte, heut auf Tod und Leben erzürnt, morgen auf Tod und Leben versöhnt. Denn er liebte nur, was er mit Gewalt bezwingen mußte, ritt immer die hitzigsten Pferde und schoß nur die stärksten Hirsche. Unsere Gräfin hatte ihn viel zu lieb, das war ihr Unglück. Im Gesicht glich ihr der junge Graf Zug für Zug, und das war sein Unglück auch. Nur kleiner und zarter war sie von Gestalt und hatte eine Stimme, wie eine reine Glocke. Als sie nach langem vergebli- chen Harren das Kind unterm Herzen trug, sah sie geradezu wie ein blonder Engel aus, so schön und still leuchtete ihr das Glück aus den Augen. Auch schien der Graf damals milder gegen sie zu wer- den, und blieb sogar über den Sommer zu Hause, das Kind zu er- warten. Wie aber dann die Wehmutter es ihm reichte und es so schmächtig in den Windeln lag mit seinen blonden Härchen, sagte er kein Wort, legte es kopfschüttelnd in die Wiege zurück und ver- ließ das Zimmer. Ich sah wohl, daß es der Gräfin sehr nahe ging und war selbst so aufgebracht, daß ich vor mich hin sagte: zu Pferde kommen die Buben freilich nicht auf die Welt. Sogleich bereute ich's, denn die Gräfin hatte es wohl gehört und schickte mich hinaus. Eine Woche darauf starb sie; das Kindbettfieber raffte sie hin.

Ich mußte die Botschaft dem Grafen bringen, der gerade am Flügel saß und spielte, was er ganz herrlich that, daß man ihm Stunden lang zuhören mochte. Es war am Morgen; er hatte die Nacht in ihrem Vorzimmer gewacht und war eben hinaufgegangen, da es besser schien. Aber statt sich zum Schlafen hinzulegen, spielte er, und während dessen war sie verschieden. Jetzt stand er auf, ohne eine Miene zu verändern, schloß erst noch den Flügel und ging dann mit seinem gewöhnlichen stolzen Schritt die Treppe hinab zu seiner todten Frau. Im Vorzimmer lag der kleine Junker und schlief, armes Kind! Sein Vater ging an ihm vorbei, als wäre das Würmchen auch schon, wo seine Mutter war. Als er wieder herauskam aus dem Sterbezimmer, sagte er: Man soll nach einer Amme schicken. Indessen nehme Sie sich des Kindes an, Flor; ich mache Sie dafür verantwortlich, daß nichts versäumt werde.

Dann ließ er sich seinen Lieblingshengst vorführen und ritt hinweg und kam vor Abend nicht wieder ins Schloß.

Drei Tage darauf wurde die Gräfin begraben auf dem Kirchhof des Städtchens drüben. Der Graf selbst ritt dem Leichenzuge voran, daß ich noch dachte, Gott verzeih mir's: Da sprengt er hin wie ein Sieger, und das arme Opfer führt er im Triumph sich nach. Als die traurige Handlung vorbei war und die ganze Dienerschaft unten in der Halle beim Trauermahl still beisammen saß, ich aber war bei der Wiege des Junkers geblieben und weinte so für mich hin, während ich ihn in Schlaf sang, tritt auf einmal der Graf herein, sieht den Kleinen eine Weile starr an und sagt dann: Die Amme hat wieder fortgeschickt werden müssen, weil das Kind sich nicht an sie gewöhnen konnte?

Ja, Ew. Gnaden.

Es wird schwer sein, in dem Neste drüben eine passende Amme aufzutreiben. Getraut Sie Sich, Flor, den Knaben allein aufzuziehen mit Milch und Wasser, wie sie's in Frankreich machen? Sie ist eine zuverlässige Person. Ich lasse das Kind ruhiger in Ihren Händen zurück, als bei zehn Ammen.

Ich brach in ein lautes Schluchzen aus und griff nach der Hand des Grafen, die ich küßte. Denn wenn er wollte, hatte er was im Betragen und in der Stimme, das selbst seine bittersten Feinde versöhnen mußte. – Es ist gut, sagte er und zog seine Hand zurück. Ich werde lange abwesend sein. Sie schreibt mir zweimal im Jahr, wie es mit dem Knaben steht. Ich werde Befehl geben, daß Ihr Niemand drein redet.

Damit ging er hinaus und noch denselben Tag verließ er das Schloß, und wir sahen ihn viele Jahre nicht wieder.

Ich will Sie nicht langweilen, lieber Herr, und haarklein erzählen, wie mein kleiner Junker herangewachsen ist, obwohl ich noch Alles weiß, wie gestern, und manche einsame Stunde mir Alles wiederhole, vom ersten Zahn bis zum ersten Vogel, den der Kleine mit der Windbüchse schoß. Wenn ich ihm so zusah, wie er auf dem Hof sich mit den Hunden jagte oder auf dem Pferde des Verwalters in den Wald hinausritt, wie eine Feder jede Muskel, so leicht und geschmeidig, dazu das herzige Gesicht und das liebe Stimmchen – ich mußte immer wieder den Kopf schütteln über den Herrn Vater der lieber draußen in der Fremde herumfuhr, als das Alles miterlebte. Freilich, der Knabe hatte nichts von ihm, als die Lust an Pferden und Wild, dem Gemüth nach und im Gesicht war er die ganze Mutter. Darum runzelte auch sein Vater so fremd und kalt die Stirn, als er das Kind in seinem zehnten Jahre zuerst wieder sah, und Abends fragte mich der Junker: Flor, ist der Vater immer so ernsthaft? – Ich durfte ihm die Wahrheit doch nicht sagen.

Im Uebrigen wurde es mit der Zeit besser, und der Graf kam nun wieder alljährlich zu den Herbstjagden und war dann ganz väterlich zu seinem Junker, obwohl zärtlich und zutraulich nie. Ich mag mich besinnen, so viel ich will, ich meine, er hat ihn nie umarmt oder auch nur die Wange gestreichelt. Doch schenkte er ihm, als er dreizehn Jahre alt war, zum Geburtstage ein kleines, lichtgelbes Pferdchen mit einer buschigen Mähne wie eine dichte Bürste und schönem Sattel; auf dem durfte ihn dann der Junker in den Wald begleiten, und sie ritten oft halbe und ganze Tage lang fort zu Besuchen in der Nachbarschaft, wo sich die Herrschaften immer sehr an Junker Ernst erfreuten. Aber es durft' es Niemand aussprechen, wie sehr er seiner Mutter glich, so wurde der Graf auf der Stelle verstimmt. Ueberhaupt war nie von der Gräfin die Rede, und ihr lebensgroßes Bild hing in einem Zimmer, das nicht mehr im Gebrauch war. Nur der Junker ging dann und wann hinein und hatte es sehr lieb, und ich mußte ihm viel von der Seligen erzählen. Aber glauben Sie wohl, daß er nie mit dem Vater von der Mutter sprach? Er war so klug, er hatte längst begriffen, daß selbst der Tod die Eltern nicht näher zusammengeführt hatte. Auch mochte er wohl sehen, wie auf den Gütern in der Nachbarschaft gerade die ausgelassensten und stolzesten schönen Frauen – denn damals gab es noch manche Schönheiten in der Umgegend – dem Grafen am meisten nachstellten, und wie der mit allen spielte und ein ganz Anderer war, als daheim. Das paßte ihm nicht wohl zusammen mit dem, was er von seiner Mutter gehört hatte. – Armes Kind! dachte ich, wenn dir nur nicht einmal eine Stiefmutter bescheert wird, die zum Vater paßt.

Aber dazu hatte es gar nicht den Anschein. Man stellte die Netze in der Nachbarschaft umsonst, und nach und nach hieß es allgemein, der Graf wolle seine Liebschaften in Paris, wo er meist den Winter zubrachte, nicht aufgeben und denke an keine zweite Heirath. Von so etwas ahnte freilich der Junker nichts. Der war unschuldig wie ein Mädchen, und selbst der Monsieur Pierre, der abscheuliche Mensch, der damals als Kammerdiener bei dem Grafen war und sich den schlechten Spaß machte, jedes ehrbare Mädchen mit zweideutigen Reden verlegen zu machen – vor dem Junker that er gar sittsam. Er war ein durchtriebener Vogel und konnte sich in Jeden schicken, wenn er wollte, übrigens ein Bauernbursch aus der Umgegend, mit Namen Peter, wovon man ihm aber nichts sagen durfte, seit er in Paris gewesen war. Der begleitete den Grafen auf allen Reisen und war ihm unentbehrlich, hatte aber eine heillose Furcht vor ihm und hielt ihn für einen Gott, obwohl er ihn fortwährend bestahl. Und nun denken Sie, als der Junker eben zwölf Jahre alt geworden war, war der Graf schon so gut wie entschlossen, diesen Menschen ihm als eine Art Hofmeister beizugesellen, und sprach mit mir davon, was ich meinte. Französisch müsse der Junker lernen und dann erst etwas Anderes. – Ich erschrak, als wenn mir einer das Kind hätte vergiften wollen; dann faßte ich mir ein Herz und sagte dem Herrn rund heraus meine Meinung über Monsieur Pierre, und daß ich dann nur lieber gleich meinen Abschied nehmen möchte, um das Elend nicht mit ansehen zu müssen. – Der Graf ließ mich auch ruhig ausreden und ward gar nicht zornig, winkte dann aber mit der Hand, daß ich gehen sollte, und sprach kein Wort mehr davon. Im folgenden September aber, als er wiederkam, brachte er einen Fremden mit, einen Franzosen, den stellte er uns als den Hofmeister des Junkers vor, und wir nannten ihn Monsieur Leclerc. Er hieß aber eigentlich anders und war ein Heruntergekommener von Adel, der nun froh sein mußte, hier eine anständige Zuflucht zu finden. Es war ein harmloser Herr, der bis an sein Ende kein Wort Deutsch lernen wollte, so daß wir alle bald das Französische weg bekamen. Allerlei Künste verstand er und lehrte sie den Junker, Tanzen, Florettfechten und ein wenig Flöte blasen. Auch lasen sie verschiedene Bücher mit einander, aber der Junker erzählte mir mit Lachen, nach den ersten drei Seiten pflege Monsieur Leclerc fest einzuschlafen, daß er dann auf seine eigene Hand weiter lese, bis die große Wanduhr die Stunde schlage. Dann fahre der Herr Hofmeister auf, sage: Eh bien, c'est ça! stäube sich den Puder vom Aermel, der beim Einnicken darauf gefallen war, und mache es in der nächsten Stunde gerade so. Desto eifriger war er bei seiner Lieblingskunst, kleine Figürchen in rothem Wachs zu bossiren, die er dann mit Farben und Firnissen aufs niedlichste herausputzte, daß sie ganz wie lebendige Vicomtes und Marquisen aussahen. So hatte er schon einen ganzen Hofstaat zu Stande gebracht, und alle Herren und Damen tanzten Menuett, und unter einem Thronhimmel sah eine reizende kleine Königin zu. Später hab' ich einmal vom Junker erfahren, daß sich Monsieur Leclerc eingebildet, Marie Antoinette sei in ihn verliebt gewesen. So alt war er schon, obwohl er mit Tanzschritten ging wie ein Dreißiger.

Aber was erzähle ich Ihnen alles, und Sie wollen am Ende lieber schlafen! Ja, wenn man zurück denkt, da ist kein Ende zu finden, und jeder Stuhl in diesem Schloß könnte lange Geschichten erzählen. Sehen Sie, gerade wo Sie jetzt sitzen stand ich eines Morgens, und der Junker saß hier auf meinem Platz im Sopha und er hatte Nachts zuvor auf einem Honoratioren-Ball im Städtchen drüben zum elften Mal getanzt. Er war damals sechzehn Jahre alt, aber schon völlig ausgewachsen, nur etwas schlanker, als Sie ihn gekannt haben. Nun, Junker Ernst, fragte ich ihn, wie hat es Ihnen gefallen? Haben Sie schöne Mädchen kennen gelernt? Mit wem haben Sie getanzt, und wem haben Sie beim Cotillon Ihre Sträußchen gebracht?

Flor, sagte er, – so nannte er mich immer, und ich war auch die einzige Person, die er in seinem Leben geduzt hat, bis er sich verheiratete – Flor, es war sehr schön, und Eine war die Schönste.

Dabei glänzten ihm seine Augen so verstohlen und lieblich, wie ich's noch nie an ihm wahrgenommen hatte, und er wurde auch ein klein wenig roth.

Ei, Junker Graf, sagt' ich, Sie machen mich neugierig. War's ein Mädchen aus der Stadt, oder auch eine Adlige, die man eingeladen hatte?

Ich werde nichts weiter verraten, Flor, erwiederte er. Genug, daß sie sehr schön war und auch klug, und die allerhübschesten Sachen zu erzählen wußte, und daß ich wollte, es wäre heut Abend wieder Ball.

Das ist ja ganz gefährlich, Junker Graf, sagte ich lachend. Die Nacht durch getanzt, dann drei Stunden in den Morgen hinein geritten und schon wieder nichts als Tanzen im Kopf? Der gnädige Herr Vater wird zufrieden sein, wenn er das hört. Und das ist wirklich Ihr letztes Wort, und die treue Flor soll weiter nichts zu hören kriegen?

Nicht ein Sterbenswort, Flor. Das ist mein Geheimniß und soll es bleiben.

So stecke ich mich hinter Monsieur Leclerc. Er wird doch wissen, mit wem Sie am meisten getanzt haben.

Frag ihn dreist, Flor, sagte der schlimme Junge. Dem sind alle meine Tänzerinnen eine wie die andere jeunes filles allemandes, jolies bourgeoises. Er hat viel mehr nach meinen Pas gesehen, als nach meinen Augen, und übrigens saß er den ganzen Abend beim Ecarté mit dem Salinen-Director. Ach, Flor, ich habe gar nicht geglaubt, daß es so schöne Augen geben könne. Ich dachte, die deinigen seien die schönsten auf der Welt.

Sehen Sie, das mußte ich mir von ihm gefallen lassen, für all meine Treue und Pflege! Aber die lustige Laune hielt nicht lange vor; schon über Tag wurde er ganz in sich gekehrt, wich meinen Fragen absichtlich aus und schloß sich früh in seinem Zimmer ein. Da hörte ich ihn noch lange die Flöte blasen. Das schöne Mädchen, sah ich nun wohl, hatte es ihm ernstlich angethan. Erst war es nur ein angenehmes Brennen gewesen, und er konnte darüber scherzen. Aber das Wundfieber kam ernstlich nach. Er hielt es nicht länger aus als vierundzwanzig Stunden und ritt am andern Vormittag ganz allein hinüber, kam aber schon am Abend sehr niedergeschlagen zurück. Offenbar hatte er die Schöne nicht wieder gesehen und sich gescheut, so geradezu in ihr Haus zu dringen. Das wiederholte sich noch ein paar Mal, mit vermiedenem Glücke. Einmal war sein Herz sogar so voll davon, daß er mir am Abend, da ich ihm zu Bett leuchtete, ganz strahlend sein Abenteuer erzählte. Du lieber Himmel! für jeden Anderen war es kaum der Rede werth, und Graf Heinrich hätte bah! dazu gesagt. Ihm aber schien es ein Glück ohne Gleichen. Gerade vor dem Thor war sie ihm mit zwei Freundinnen begegnet, und alle drei hatten Rosen in den Händen getragen. Als er nun grüßend vorübersprengte, machte sein Pferd einen munteren Satz, daß die Schöne erschrak und eine Rose fallen ließ. Ich sah es, sagte der Junker, und augenblicklich war ich vom Sattel, hatte die Blume aufgehoben und sie ihr wieder überreicht. Sie dankte sehr freundlich und ging dann in den Wald.

Und Sie ritten ins Thor hinein, und das Fräulein gab Ihnen nicht einmal eine Rose zum Dank? Ein Anderer an Ihrer Stelle hätte die Blume aufgehoben, ins Knopfloch gesteckt und wäre mit seinem Raube triumphirend davon gesprengt.

Er sah mich betroffen an. Flor, sagte er, du weißt wahrhaftig mehr von solchen Dingen, als ich, obwohl du ein Frauenzimmer bist.

Vielleicht weil ich es bin, Junker, erwiederte ich. Ei ei, das Fräulein hat entweder wenig Mutterwitz, oder Ihr seid ihr sehr zuwider.

Das sagte ich natürlich im Scherz, denn wie könnt' es mein Ernst sein, daß er einem Mädchen nicht gefallen sollte! Aber er wurde ganz still darauf, und ich sah es ihm an, daß er sich fest einbildete, der Schönen widerwärtig zu sein. Nur einmal noch ritt er in die Stadt. Dann blieb er trübsinnig zu Hause, sprach mit Niemand, schrieb viel auf seinem Zimmer, ich glaube gar Verse, spielte auf der Flöte und zehrte sich dergestalt ab, daß Graf Heinrich, als er wieder ins Schloß kam, sehr unzufrieden mit seinem Aussehen war und ihn heftig zur Rede stellte, daß er zu viel sitze. Ich wurde ebenfalls befragt, ob der Junker krank gewesen sei. Daß er Liebeskummer litt, scheute ich mich dem Grafen zu vertrauen. Der Junker hätte es mir nie vergeben und Graf Heinrich nur dazu gelacht. Also ward beschlossen, daß mein junger Graf mit Monsieur Leclerc eine Zeit lang auf Reisen gehen solle, und Beide waren es ganz wohl zufrieden. Flor, sagte der Junker, es ist gut, daß ich fort komme, das Leben hier hat allen Reiz für mich verloren.

Reisen Sie mit Gott, theuerster Junker, sagte ich zu ihm. Die Welt ist so schön, hab' ich sagen hören, daß man nicht lange auf Reifen traurig sein kann.

Er sah mich mit einem ungläubigen Lächeln an, schrieb mir aber bald darauf aus Wien, daß er sich wohl fühle und oft an mich denke. Ich aber, Gott weiß! ich dachte Tag und Nacht an ihn.

So bekam ich ihn drei Jahre nicht wieder zu sehen und dachte oft, wenn er mir schrieb von den großen Städten, wo er in alle Gesellschaften und selbst zu Hofe ging: Sie werden mir meinen Junker recht standesmäßig verderben, daß ich ihn gar nicht wieder erkenne. Aber weit gefehlt. Als er endlich zurückkam, fast zwanzig Jahre alt und ohne den guten Monsieur Leclerc, der in Rußland am Klima gestorben war: Flor, war sein erstes Wort, wie befindet sich Fräulein Mimi? (so hieß nämlich meine Katze, auf die er schon als Kind förmlich eifersüchtig war.)

Ich danke der Nachfrage, Junker Graf, sagte ich, sie ist gerade in den Wochen und freut sich, wie wir Alle, Ew. Gnaden wieder zu sehen.

Die Freude wird nicht lange dauern, Flor, sagte er. Und Abends, als ich ihm wie sonst zu Bett leuchtete, erzählte er mir Alles, daß er seinem Vater den Willen gethan, die große Welt kennen zu lernen, und nun habe er genug von ihr gelernt, um sich herzlich darin zu langweilen, und habe es mit vieler Mühe durchgesetzt, daß er ein paar Jahre ganz in der Stille studiren dürfe, denn es sei eine Schande, wie kunterbunt es in seinem Kopf aussähe. – Ich starrte ihn groß an, denn er war in Allem wie ein fertiger Mann, und ich dachte, gescheiter könne kein Mensch sein, wenn ich ihn so mit Andern reden hörte. Aber er mußte es wohl wissen. Und weil ich auf ganz andere Dinge neugierig war, widersprach ich ihm nicht, sondern fragte ihn nach dem Leben, das er während der Zeit geführt, und ob die großen Damen, mit denen er getanzt, nicht doch noch schöner seien, als drüben im Städtchen die Honoratioren-Töchter. Sehen Sie, lieber Herr, da wurde Ihnen der ausgewachsene, fertige Cavalier, der eben aus der großen Welt zurückkam, so roth wie ein Knabe und sagte nur: Manche wohl, und Andere wieder nicht. – Daraus sah ich, daß alte Liebe immer noch nicht rosten wollte. Und richtig ritt er am andern Tag in das Städtchen hinüber, wohl um nachzuforschen, ob sie inzwischen schon vergeben worden sei. Ich konnt' es natürlich nicht wissen, denn ich kannte ja den Namen nicht. Aber als er Abends mit sehr ernster Miene wiederkam, sagte ich zu mir selbst: Es wird wohl vorbei sein, und am Ende ist's besser so. Was hätte endlich daraus werden sollen?

Zwischen ihm und dem Vater war es noch beim Alten. Ich merkte wohl, wenn ich bei Tafel aufwarten half, daß der Graf immer Streit mit dem Junker suchte, und daß ihm alles nicht recht war, was er that oder sagte. Es war, als nähm' er es ihm übel, daß er selber Respect vor ihm haben mußte, und daß der Sohn sich niemals vergaß, sondern immer gelassen blieb und seine Meinung ruhig verteidigte oder ganz schwieg. Gerade so hatte es auch die selige Gräfin gemacht, und daran mochte der Graf nicht erinnert werden. Er hätte nichts lieber gesehen, als daß sein Sohn auch so ein wilder Raubvogel geworden wäre, wie er selber trotz seiner Fünfzig noch immer war, kein Pferd zu hitzig, kein Degen zu spitzig, kein Weib zu witzig für ihn. Daß der Junker bescheiden war, konnte er ihm nicht vergeben. Ja, ich glaube gar – Gott verzeih mir die Sünde! – der Sohn hätte sich gegen den eigenen Vater vergessen dürfen, wenn er nur auch vergessen hätte, daß er seiner Mutter Sohn war. Darum brachte der Graf das Gespräch immer wieder auf die alte Zeit, wo es loser und lockerer in der Welt zugegangen sei, und jetzt sei es nur ein Leben für Duckmäuser und Bärenhäuter. Dann erzählte er, besonders wenn er ein Glas mehr als gewöhnlich getrunken hatte, allerlei galante Abenteuer aus seinem Leben, wobei der junge Graf ganz still vor sich hinsah und nichts erwiederte. Ich aber entsetzte mich bei mir selbst und dachte: Da macht wahrhaftig der Vater beim eigenen Sohn den Verführer, blos weil dessen unschuldiges Gemüth ihm selber ein Vorwurf ist!

Ich wußte freilich, für meinen Junker war das kein Weg zur Verführung. Auch behielt er trotzdem seinen kindlichen Respect vor dem Vater; nur daß es ihn über die Maßen traurig machte, gar keine Liebe von ihm zu erfahren, sah ich ihm wohl an den Augen an. Gesprochen hat er nie darüber, selbst mit mir nicht, der er sonst Alles sagte. Und so war ich fast froh, als er nach einer Woche das Schloß wieder verließ, um auf Universitäten zu gehen, und in den folgenden fünf Jahren kein einziges Mal den Vater wieder besuchte, so sehr er das Schloß und den Wald liebte und in manchem Brief an mich sich nach Allem erkundigte.

Es war mir fast lieb, sage ich, und dazu hatte ich später noch meine besonderen Gründe.

Im dritten Jahr nämlich mochte der junge Graf abwesend sein, da fiel ich in eine schwere Krankheit, von der mir lange noch eine große Schwäche in allen Gliedern zurückblieb, so daß ich mich die vielen Treppen nur mühsam auf und ab schleppen konnte. Ich hatte aber schon damals vom Grafen alle Schlüssel bekommen, und Niemand durfte über den Silberschrank, den Keller und die Vorrathskammern, als die Mamsell Flor. Als daher der Graf zur Jagd wieder hier ankam und sah mich, wie ich am Stock so elend hinschlich, Flor, sagte er, sie thut über Ihre Kräfte. Ich will, daß Sie Sich eine Hülfe nimmt, eine Wirthschafterin, die unter Ihr steht und Ihr das Treppensteigen abnimmt. – Sehen Sie, so gütig war er dann auch wieder, und da half kein Wehren und Sträuben, Tags darauf stand es im Anzeigeblatt, daß man auf dem Schloß eine Wirthschafterin suche.

Es meldeten sich denn auch eine Menge Frauenspersonen der verschiedensten Art, aber mir gefiel Keine. Ein paar hatte ich sogar im Verdacht, daß sie nicht übel Lust hätten, beim Grafen, der immer noch für einen gar galanten Herrn galt, eine noch vornehmere Stellung – oder gemeinere, wie man davon denkt – als die einer Haushälterin anzunehmen. – Ich war es beinahe zufrieden, daß sich Keine fand. Ich nahm es viel zu genau mit Allem, und die Wenigsten machten mir eine Arbeit zu Dank. So war die Sache beinah wieder eingeschlafen, als eines Nachmittags eine große, schlanke junge Person zu mir ins Zimmer trat, in Trauerkleidern und mit sehr abgehärmten Augen. Sie war ein paar Tagereisen weit her gekommen aus einer Stadt, in der ihre beiden Eltern kurz nach einander gestorben waren und sie in großer Hülflosigkeit zurückgelassen hatten. Der Vater war ein angesehener Beamter gewesen, hatte aber nichts als seinen Gehalt. Ihr einziger Bruder war Ingenieur und gerade jetzt in England beim Bau einer Eisenbahn, wo er nicht gut abkommen konnte, ohne seine ganze Zukunft aufs Spiel zu setzen. Darum hatte sie ihm sogleich geschrieben, daß sie eine Stelle auf einem herrschaftlichen Gute angenommen habe und versorgt sei, Willens, wenn sie auf dem Schloß nicht angenommen würde, mit einer noch geringeren Unterkunft fürlieb zu nehmen.

Obwohl alles, was ich von dem armen Kinde sah und hörte, untadelig war und sie auch mein Examen von A bis Z bestand, war doch was in mir, das mich warnte, sie ins Haus zu nehmen. Ich

sagte es ihr geradezu, ich meinte, es sei nicht zu ihrem Besten, auch
sei sie noch zu jung, und was dergleichen mehr mir einfallen wollte,
und zuletzt, wie sie ganz ergeben, ohne mich mit Bitten oder Thränen rühren zu wollen, sich schon zum Fortgehen wandte, rief ich sie
dennoch zurück und behielt sie da. Im Grunde fürchtete ich nur, sie
möchte dem Grafen zu sehr gefallen; denn wie gesagt, sie war ein
Staatsmädchen, prachtvoll gewachsen, mit einem ganz aparten,
stolzen Gesicht und einem schweren Nest brauner Flechten, die ihr
wohl dreimal ums Haupt reichen mochten. – Aber ich meinte wieder ein ernsthaftes, entschlossenes Wesen in ihr zu bemerken, dem
nicht so leicht das Steuer zu verrücken sei. Ueberdies war Graf
Heinrich, wie Monsieur Pierre geheimnißvoll unter die Leute brachte, gerade jetzt bis über die Ohren in eine Sängerin verliebt, die er in
London kennen gelernt, und hatte sich nur auf kurze Zeit von ihr
los gemacht, um gleich wieder in ihre Gefangenschaft zurückzuei-
len. So hatte er denn auch der Fremden nicht sonderlich Acht, als
sie am Abend in der Speisehalle neben mir am Gesindetisch erschien, sah sie flüchtig von Kopf bis Fuß an, nickte dann zustim-
mend, und saß den ganzen Abend tiefsinnig und allein am Herrentisch droben und ließ einen prachtvollen grünen Ring im Schein des
Candelabers blitzen, den er, wie Monsieur Pierre behauptete, von
seiner Freundin zum Geschenk erhalten hatte.

Es muß auch wohl wahr gewesen sein, denn als er das nächste
Jahr kam, trug er den grünen Stein nicht mehr am Finger, und Pierre wußte abenteuerliche Geschichten zu erzählen, mit denen ich Sie
nicht unterhalten will. Als der Graf das Mädchen, die Mamsell Gabriele genannt wurde, zum ersten Mal durch den Saal gehen sah,
merkte ich scharf auf sein Gesicht. Es war nicht viel anders, als
wenn die Juden ihm Pferde brachten, die er sich im Hof vorführen
ließ. Auch behandelte er sie nicht anders, wie uns alle, nur daß er
noch seltener das Wort an sie richtete. Sie war inzwischen wieder
ganz aufgeblüht von dem ruhigen, sorgenlosen Leben im Wald und
der fleißigen Bewegung, hatte auch die Trauer abgelegt, und man
hörte sie dann und wann sogar singen, besonders in dem Kraut-
gärtchen, das sie ganz auf ihre eigene Hand unten im Schloßgraben
angepflanzt hatte, damit wir unsere Gemüse nicht so weit her zu
beziehen brauchten. So wie in diesem, war sie in allen Dingen, ge-
scheit, ruhig und mit eigenem Willen; ich kann sagen, daß ich sie

herzlich lieb gewann und meinte, ohne sie könne es gar nicht mehr gehen, und war doch lange ohne sie gegangen. Wir saßen dann auch manche liebe Stunde beisammen, spannen und plauderten. Ich erzählte von meinem Junker Ernst und ließ sie seine Briefe lesen, und als dann Graf Heinrich wieder da war, standen wir oft bis tief in die Nacht hinein am Fenster und horchten, wie er so schön Clavier spielte und die Nachtigallen dazu sangen. Sie sprach dann auch wohl von ihren Kinderjahren, und wie sie es bei den Eltern leicht und bequem gehabt, und viel von ihrem Bruder, aber ohne jeden bitteren Beigeschmack, daß ich sah, sie ward mit ihrer Lage je länger je zufriedener.

So kam es, daß ich mich zum ersten Mal ordentlich auf den Winter freute, wo wir recht einschneien und ganz für uns sein würden. Denn so lange der Graf da war, gab es immer große Unruhe, obwohl er nur Herren-Gesellschaft bei sich sah und recht ausgesucht, um vor den Damen und Landfräulein der Nachbarschaft sicher zu sein, alle Fahrstraßen eingehen ließ und nur ein paar Reitwege unterhielt. Diesmal aber kam es ganz anders. Der Graf reiste nicht wieder ab, und Monsieur Pierre gab zu verstehen, daß er noch immer seine ungetreue Liebschaft nicht verschmerzen könne und daher die Einsamkeit suche. Mir wollte das nicht in meinen alten Kopf, denn ich kannte den Herrn gar gut, daß er einer so dauerhaften Schwermuth um eine Amour kaum jemals fähig gewesen war. Aber es blieb wirklich dabei, wir schneiten ein und der Graf und Monsieur Pierre mit.

Womit sich der Herr die langen Wintertage vertrieb, wüßt' ich nicht zu sagen, denn vom Studiren war er nie ein Freund gewesen. Wir hörten ihn freilich lang auf dem Flügel phantasiren, und dann ritt er auch mitten in den verschneiten Wald hinein, und es war prachtvoll anzusehen, wenn er nach Hause kam, die langen Eiszapfen klirrend an seinem Bart, sein stolzes, strenges Gesicht roth von dem scharfen Winde, und eine Wolke um ihn her aus den Nüstern des dampfenden Pferdes. Er war noch immer ein schöner Mann, und gegen die Haare, die schon dünner und grauer wurden, schienen die Augen nur um so schwärzer und feuriger. Ich meinte immer, in der Nachbarschaft müsse er was Liebes haben. Aber man hörte von nichts, und man hörte doch sonst jedes Blatt fallen in unserer Stille; die Butterfrauen und Marktweiber sorgten dafür.

Auch Besuch kam keiner, und kein Mensch wurde eingeladen. Ich schüttelte immer nur den Kopf, und Monsieur Pierre auch, der war an ein flotteres Leben gewöhnt und hatte sich nicht träumen lassen, daß der Graf auch nur bis Weihnachten aushalten würde. Mamsell, sagte er zu mir, il y a du mystère, so wahr ich Pierre heiße. – Dann pfiff er die Marseillaise und zwinkerte mit den Augen, aber er wußte gar nichts, der Tropf. Für die Langeweile fing der Bursche auch an, der Mamsell Gabriele den Hof zu machen, da kam er schön an! So bescheiden sie war, so konnte sie doch zu Zeiten den Kopf auf eine Art zurückwerfen, daß man meinte, man hab' es mit einer Herzogin zu thun. Er merkte auch bald, daß er keine seiner Pariser Näherinnen vor sich hatte, aber weil es doch partout etwas Französisches sein mußte, machte er sich an den Bordeaux in unserm Keller und war manches Mal so betrunken, daß er dem Herrn nicht bei Tische aufwarten konnte. Der ließ es ihm hingehen, ohne was zu sagen; er war überhaupt Sanftmüthiger, als sonst, gab Keinem im Hause ein böses Wort und beschenkte uns alle reich zu Weihnachten. Vom neuen Jahr an speiste er auch Mittags unten in der Halle, und Abends kam er schon früh herunter und setzte sich mit der Zeitung an den Herrentisch, ganz einsam, konnte es aber nicht leiden, wenn wir still waren. Vielmehr mußten wir nach dem Essen noch beisammen bleiben und Lieder singen. Der Forstgehülfe hatte einen schönen Baß, und Mamsell Gabriele sang wie die Waldfrau selbst, und so blieben wir manche Nacht bis nach Eilf zusammen, und es klang wunderschön von den alten Gewölben wieder, daß der Graf manchmal die Zeitung in den Schooß legte und still vor sich hin sah, die Stirn in die Hand gestützt. Ich aber dachte an meinen jungen Grafen, wie lange der fort blieb, und erzählte dann der Mamsell Gabriele noch viel von ihm, und sie schlief oftmals darüber ein, was ich ihr sehr übel nahm.

Sonst waren wir nach wie vor die besten Freundinnen, und ich erschrak nicht wenig, als sie mir eines Morgens eröffnete, sie müsse die Stelle aufgeben, ihrer Gesundheit tauge das Leben im Schloß nicht, sie wolle sich nach einem anderen Dienst umthun. Nun hatte sie freilich die Nacht unruhig geschlafen und sah auch am Morgen noch fieberhaft aus, die Augen ganz geröthet, und zitterte über den ganzen Leib,, so oft man sie beim Namen rief. Ich aber dachte, es sei nur eine Erkältung, denn sie war gestern von einem späten Gang durch den Wald sehr erhitzt und schwerathmig heimgekommen und hatte sich gleich zu Bett gelegt, ohne am Abend zum Essen zu kommen. Kind, sagte ich, das wird vorübergehen. Es ist doch eine ganz gesunde Luft hier im Schloß, und Sie finden einen so leichten Dienst nicht zum zweiten Mal, und einen so gütigen Herrn, von meiner Wenigkeit ganz zu schweigen. – Aber sie wurde nur eigensinniger, je mehr ich ihr zuredete, und wollte ich ihr Fieber nicht verschlimmern, mußte ich auf der Stelle hinauf zum Grafen und ihm anzeigen, daß Mamsell Gabriele gekündigt habe.

Der Graf hörte mich ganz ruhig an und sagte dann: Weiß Sie den Grund, Flor, warum die Mamsell fort will? – Als ich dann von ihrer Gesundheit Sprach, fragte er: Wo wohnt die Mamsell?

Ich habe sie zu mir genommen, Herr Graf, sagte ich. Ew. Gnaden kennen die Zimmer, im ersten Stock gerade gegenüber dem Schlafzimmer Ihrer seligen Gnaden der Frau Gräfin. Die zwanzig Jahre und drüber, daß ich dort wohne, habe ich kein ungesundes Lüftchen dort gespürt.

Er besann sich eine Weile und sagte endlich: Am Fortgehen können wir die Mamsell nicht hindern; sie ist ihr eigener Herr. Aber sie soll nicht sagen, daß sie in meinem Schloß ihre Gesundheit eingebüßt hat. Ihre Zimmer, Flor, liegen nach dem Wald, und die Westwinde bestreichen die Fenster. Es ist da immer feucht und im Winter keine Hand breit Sonne. So lange Mamsell Gabriele noch hier ist, soll sie in den Zimmern gegenüber wohnen, nach dem Hof hinaus. Die Morgensonne steht voll darauf. Und für eine Anzeige in der Zeitung um einen anderen Dienst hat Sie Sorge zu tragen, Flor.

Ich sah ihn groß an. Das Zimmer Ihrer seligen Gnaden soll ich der Mamsell anweisen?

Er nickte rasch mit dem Kopf. So ist mein Wille, sagte er kurz.

Aber die ganze Einrichtung ist ja noch wie damals, rief ich, ohne auf seine gerunzelte Stirn zu achten. Ich kann doch nicht Tisch und Bett und Toilette der seligen Gräfin an die fremde –

Sie kann, wenn ich Ihr befehle, erwiederte er ganz ruhig und nachdrücklich. Es bleibt Alles, wie es war.

Und wenn das arme Ding kränker wird, wen hat sie dann in der Nähe, nach ihr zu sehen? sprach ich immer eifriger fort. Er aber sagte:

Es ist ja nur der Corridor dazwischen. Wird der Mamsell unwohl, so wird sie Sie leicht abreichen. Und nun kein Wort mehr!

Er setzte sich wieder an den Flügel und fing an zu spielen, und ich mußte wohl gehen. Aber ich kann sagen, lieber Herr, so lieb mir die Mamsell war, es schnitt mir in die Seele, als ich die Treppe vom Grafen herunter kam und die schönen Zimmer aufschloß, wo nun eine Dienerin wohnen sollte. Denn das war sie doch immerhin, so gut wie ich selbst. Auch gefiel mir das Gesicht gar nicht, mit dem sie mich anhörte, als ich ihr den Willen des Grafen sagte. Erst wurde sie ganz blaß, als erschrecke sie heftig, dann aber wieder dunkelroth und den Mund warf sie fast verächtlich auf und sagte: Es ist gut; ich bin auch da nicht von Gott verlassen. – Nur ihr einfaches Bett nahm sie mit hinüber und wollte ihre paar Habseligkeiten aus dem Koffer nicht in eine der schön eingelegten Commoden packen, sondern behielt Alles reisefertig beisammen. Das gefiel mir wieder an ihr, und ich umarmte sie und bat ihr im Stillen ab, daß ich ihr die Zimmer nicht gegönnt hatte. Da schluchzte sie heftig los in meinem Arm, und ich konnte sie lange nicht wieder beruhigen, schob aber Alles auf das Fieber.

Deshalb ließ ich auch Nachts meine Thür nach dem Corridor halb angelehnt und horchte, ob sie ruhig schliefe. Bis Mitternacht blieb Alles drüben still. Auf einmal aber war mir's, als ob ich sie laut und heftig sprechen hörte. Ich springe gleich aus dem Bett, und bis ich in die Pantoffeln fahren kann, hör' ich noch immer ihre Stimme, aber die Worte kann ich nicht verstehen. Nur draußen auf dem Corridor vernehm' ich deutlich, wie sie ausruft: Ich bin nur ein armes Mädchen, aber dieses Schloß soll eher über mir zusammenstürzen –

Indem klopf ich schon an die Thür, die sie auf meinen Rath für alle Fälle verriegelt hatte, und rufe: Kind, Kind, um Gottes willen, was ist Ihnen? Mit wem reden Sie? Sehen Sie Gespenster? – Alles still. Ich sehe durchs Schlüsselloch – Alles dunkel. Nach einer ganzen Weile, während ich immer poche und rufe, kommt erst eine vernünftige Antwort: Sind Sie es, Mamsell Flor? Warum klopfen Sie so spät? – Und endlich höre ich, wie sie vom Bett aufsteht und den

Riegel wegschiebt. Da stand sie im Halbdunkel vor mir, durchs Fenster schimmerte nur der Schnee herein, und ich faßte ihre Hand, die war eisig und bebte, und sie fragte: Was treibt Sie zu mir, gute Mamsell Flor? Habe ich so laut aus dem Schlaf gesprochen? Ach ja, ich habe das Fieber, es schüttelt mich stark, fühlen Sie nur! – Und dann brach sie in Thränen aus.

Ich schaffte sie eilig wieder zu Bett und verließ sie die ganze Nacht nicht mehr. Anderen Tages war sie so elend, daß sie nicht aufstehen konnte, und so blieb sie fast noch eine Woche. Der Graf schickte jeden Morgen Monsieur Pierre, sich nach ihr zu erkundigen, schien aber sonst nicht viel daraus zu machen, Nur als sie das erste Mal wieder im Speisesaal erschien, ging er auf sie zu und sprach ein paar Worte mit ihr, worauf sie still und nachdenklich an ihren gewöhnlichen Platz ging. Und still und nachdenklich blieb sie seitdem, schlief aber ruhig die Nächte und that ihre Arbeit musterhaft. Manchmal fragte sie mich, ob Niemand auf die Anzeige in der Zeitung sich nach ihr gemeldet habe. Die Briefe gingen alle durch Monsieur Pierre, und der wußte von nichts, und sie schien auch minder ungeduldig, als zuerst. Mir konnt' es nur lieb sein, wenn wir sie behielten.

Und sehen Sie, lieber Herr, so kam das Frühjahr und noch immer unser junger Graf nicht. Statt seiner aber fand sich eines schönen Abends ein sehr widerwärtiger Herr aus England im Schloß ein, der dem Grafen, wie ich wohl sah, nicht wenig ungelegen kam. Aber als einem alten Bekannten war er ihm alle Höflichkeit schuldig, ritt mit ihm in der ganzen Nachbarschaft herum, lud ihm mehr als einmal eine Spielgesellschaft ein, die dann bis an den Morgen droben beisammen blieb und alle feinen Sorten im Keller durchkostete und kam die ganze Zeit nicht ein einziges Mal in die Halle hinunter. So dauerte das vierzehn Tage, und ich war froh, als es hieß: der Lord reist morgen wieder ab. Die Herrschaften waren den letzten Mittag auf dem Gute des Barons, drei Stunden von hier zu Gast, und es ging schon auf neun Uhr, als wir die Pferde in den Schloßhof hereinsprengen hörten. Wir saßen gerade alle beim Nachtessen zusammen, und ich stehe auf, nehme den Leuchter und will hinaus, um den Herren die Treppe hinauf zu leuchten. Da, eh sich's einer versieht, treten sie schon zur Thür herein, voran der englische Herr, mit so Augen, wie er sie immer machte, wenn er von Tisch kam, unser Graf hinterdrein, die Stirn zusammengezogen, die Reitpeitsche unterm Arm, und trat sehr stark auf mit den klirrenden Sporen, woran ich merkte, daß er schlecht gelaunt war. Wir, so viel unser in der Halle waren, machen unsere schuldige Verbeugung, der Lord aber, den Hut auf dem Kopf, nickt ganz gnädig und sagt: Was der Teufel, Harry, ich mag heute keine Treppen mehr steigen, ich bin wie gerädert. Laß uns den Grog hier ans Kamin bringen, ich habe Lust, mich etwas herabzulassen zu deinen getreuen Unterthanen. – Damit mustert er Einen nach dem Andern und hört es gar nicht, was ihm der Graf auf Französisch zuraunt. – Plötzlich bemerkt er die Mamsell Gabriele und schnalzt ganz laut mit der Zunge. Harry, rief er, alter Fuchs, hast du auch solche Tauben in deinem Hühnerstall? Foi de gentilhomme – und dabei lachte er so unverschämt, daß mir 's Blut zu Gesicht stieg – dieses Täubchen laß uns auf den Abend serviren und ein Glas Burgunder dazu. Gerupft hast du sie ohne Zweifel schon längst. – Und wieder ein schallendes Gelächter. Mir stand das Herz still. Ich sah nur das arme Mädchen an, das war bleich wie die Wand, und dann den Grafen. Aber wie der aussah, lieber Herr, ist nicht zu beschreiben. Er trat dicht vor den Lachenden hin und sagte laut auf Französisch: Sie werden dem Fräulein für diese Ungezogenheit auf der Stelle Abbitte thun und sodann die Halle verlassen. Ich weiß meine Leute vor allen Insolenzen zu schützen, mögen sie ausgehen, von wem sie wollen.

Der Lord schien in seinem Rausch das kaum zu hören, sondern blickte unverwandt nach dem Mädchen hin. Gott verdamm' mich, sagte er mit seiner vom Trinken schweren Zunge, eine verteufelt schmucke Creatur, und ich bin acht Tage hier und – ein verteufelt schlauer Fuchs, der Harry – nicht ängstlich, mein Täubchen –

Und damit streckt er den Arm aus, das arme Kind zu sich heranzuziehen, das, wie vom Schlage getroffen, regungslos gegen die Mauer lehnte. Aber in demselben Moment hörten wir's durch die Luft pfeifen, und mit einem Fluch zog der Lord die Hand zurück; denn die Reitpeitsche unseres Grafen hatte einen breiten rothen Striemen darüber hin gezogen.

Ich will Ihnen nicht haarklein Alles hererzählen, wie sich's in der Nacht noch weiter zutrug. Genug, daß sich Morgens um sieben Uhr unser Graf mit dem Fremden droben, wo man's die Wolfsschlucht heißt, ganz ohne Secundanten auf Pistolen schlug; wir hörten die vier Schüsse deutlich in der stillen Februarluft, und eine halbe Stunde darauf kam der Graf mit Monsieur Pierre zurück und blutete an der linken Hand, schickte aber nicht weiter nach einem Wundarzt, sondern ließ sich's von seinem Kammerdiener verbinden. Wir hörten von Monsieur Pierre, daß der Lord weit übler daran sei, er habe aber noch das Pferd besteigen und bis in die nächste Stadt reiten können.

Was das arme Ding, die Gabriele, dazu sagte? Lieber Himmel, die schwieg, wie wenn sie an jenem Abend wirklich zu Stein geworden wäre. Was mich aber wunderte, sie verlangte gar nicht, sich beim Grafen zu bedanken, und eben so wenig war mehr die Rede vom Weggehen. Seit dem Morgen, wo wir das Schießen im Walde gehört, erkannte ich sie gar nicht wieder. Sie that nach wie vor ihre Pflicht, war aber weder traurig noch froh, nur zerstreut, daß sie oft am Abend Stunden lang da sitzen und wie verzückt ins Licht starren konnte. Es stand ihr das wundersame Wesen ausnehmend gut, man konnte ordentlich sehen, wie sie schöner wurde von Tag zu Tag; Alle im Haus bemerkten es, und von den jüngeren Beamten war keiner, der sich nicht sterblich in sie verliebt hätte. Aber sie that, als bemerke sie es nicht, und Niemand konnte sich rühmen, auch nur einen freundlicheren Blick von ihr bekommen zu haben.

Darüber war es Sommer geworden, und blieb Alles beim Alten, unser Graf im Schloß, Monsieur Pierre den halben Tag hinter der Flasche, alle Welt voll Wundern und Mutmaßen, was das Leben zu bedeuten habe, und jede Woche eine neue Partie für den Grafen in der Leute Mäuler. Denn allerdings war er viel heiterer geworden, ließ sich gern von den Nachbarn einladen und gab auch kleine Feste auf dem Schloß, wobei er die Liebenswürdigkeit in Person war. Ich hatte ihn nie so gut aufgelegt gesehen und dankte meinem Herrgott dafür, denn nun stand im Herbst die Rückkehr des jungen Grafen bevor, und es hätte mir das Herz gebrochen, wenn Vater und Sohn nicht freundlich und friedlich sich wiedergesehen hätten.

Ach, lieber Herr, als es hieß, heut Abend kommt unser junger Graf, der Vater reitet ihm bis zur Eisenbahnstation entgegen, und er kommt aus Berlin zurück und hat sein Examen zur Diplomatie mit großen Ehren bestanden – mir war doch wahrhaftig zu Muth, als ob ich seine rechte Mutter wäre. Und als er so groß und schön neben seinem Herrn Vater durch den grünen Triumphbogen von Tannenreisern einritt, den ihm unsere Knechte über der Brücke errichtet hatten, und das schöne Transparent überm Thor ihm Willkommen zurief und die Jagdhörner plötzlich bliesen, während der Monsieur Pierre die Raketen von seinem Feuerwerk bis hoch übers Dach steigen ließ, da mußte ich laut losweinen und konnte ihm gar nichts sagen, außer, daß ich seine Hand ergriff und sie in Einem fort küßte. Er aber war ganz wie sonst und strich mir mit der Hand übers Gesicht und machte seine alten Späße, die Niemand außer uns Zweien verstand. Lieber Herr, das war ein schönes Wiedersehen. Und auch der Graf, ich meine den Vater, der stieg ganz freundlich und stolz neben seinem Herrn Sohn die Treppe hinauf, und konnte sich freilich auf solch einen Sohn was zu Gute thun. Ich wurde jenen Abend der Gabriele ordentlich gram, als ich sie fragte, wie unser junger Graf ihr gefallen habe, und sie wußte kaum, ob er braun oder blond sei. – Als ich mir's aber überlegte, war mir's doch lieber, als wenn sie sich in ihn vernarrt hätte. Davor hatte ich mich oft gefürchtet. So kurzsichtige Gedanken machte ich mir damals noch!

Denselbigen Abend wurde ich noch hinaufgerufen, bei Tafel zu helfen – denn sie speisten auf des Grafen Heinrich seinem Zimmer. Der Monsieur Pierre hatte sich bei seinem Feuerwerk eine so heiße Kehle geholt, daß er mit keiner Gewalt aus dem kühlen Keller zu bringen war. Mir war nichts lieber, so konnte ich doch meinen jungen Grafen recht mit Muße betrachten. Aber die Freude wurde mir schlimm verbittert. Denn nicht lange währt' es, so war der Graf wieder bei seinem alten leidigen Gespräch von der guten alten Zeit und wie jetzt die jungen Leute zu nichts taugten, als hinterm Ofen zu hocken, die Nase in die Bücher zu stecken und wohl gar selber in die Zeitungen zu schreiben. Es ist mir noch dies und jenes, was mir besonders abscheulich vorkam, im Gedächtniß geblieben. Vor Allem an Eins werd' ich gedenken, so alt ich werden mag.

Graf Heinrich nämlich war als ein eben halbwüchsiger Junker mit seinem Herrn Vater in Paris gewesen, da gerade das Kaiserthum dort im Glanz war, und weil der alte Herr bei keinem Gott höher schwor, als bei dem Napoleon, wurden sie aufs beste aufgenommen. Der Alte aber, unserm Grafen Ernst sein Großvater, hatte viele Jahre während der Revolution in Paris gesessen, und die meisten

der furchtbaren Blutmenschen waren seine guten Bekannten gewesen. Von denen erzählte nun Graf Heinrich seinem Sohne. Meinst
du, sagte er, der Kaiser hätte seine Schlachten gewonnen mit den
guten Bürgern von heutzutage? Er hatte Bestien gezähmt und ließ
sie nun wieder los gegen seine Feinde. Die Luft, noch unter dem
Empire, war in Paris mit einem eigenen Blutgeruch geschwängert,
in dem alle zarten Pflanzen und weichen Gemüther bang und unheimlich den Kopf hängen ließen; aber wer eine feste Mannesseele
mitbrachte, den berauschte der Schwüle Geruch, daß er es mit allen
Teufeln aufgenommen hätte. Und wie die Männer, so die Weiber,
alle hatten Blut gekostet, und Blut trinken macht klarere und be-
herztere Augen, als Staub schlucken. Siehst du, sagte er, heutzutage,
wenn man die Welt und zumal unsere deutsche Welt betrachtet,
scheint Alles so reinlich und schnurgerade, wie in einem holländi-
schen Garten; wofür die braven Hausväter und der Herr Schulmeis-
ter, oder gar die wohlweisen Professoren nicht sorgen, dafür sorgt
die löbliche Polizei. Rührt sich irgendwo die Bestie im Menschen,
sogleich wird sie polizeilich abgewandelt. Aber die Bestie läßt nicht
mit sich spaßen. Sie *muß* Blut saufen, und wird es ihr nicht kübel-
weise gereicht, so saugt sie es tropfenweise dem lieben Nächsten
aus und wird ein elendes, heuchlerisches Hausthier. Pfui über unsere zahmen, kleinen, tückischen Gesellschaftslaster, die zu Allem
noch langweilig sind und, wenn es einmal eine große That gilt, die
ohne vollblütigen Trotz nicht in die Welt treten kann, dieses armse-
lige Geschlecht schmählich im Stich lassen. Wer blutscheu ist und
keinen Wurm zertreten kann, wird er nicht auch winseln, wenn es
sich drum handelt, sein eigenes Blut zu verspritzen? Die Pariser von
damals waren mit dem Tod auf Du und Du, darum gewannen sie
dem Kaiser seine Schlachten. – Und dann erzählte er, wie sein Herr
Vater, noch vor dem Napoleon, mit getanzt habe auf einem Ball,
den man Bal des Zéphyrs genannt habe, nämlich auf dem Gottes-
acker einer Kirche, deren Namen mir entfallen ist. Ueberm Portal sei
eine transparente Inschrift gewesen, Bal des Zéphyrs, darunter in
Stein gehauen ein Todtenkopf über zwei gekreuzten Menschenge-
beinen, und man habe über den Gräbern und um die Leichensteine
wie besessen getanzt bis an den lichten Morgen.

Bei all diesen Reden saß mein theurer junger Graf ganz still dem
Vater gegenüber, und ich sah es ihm wohl an, daß sie ihm so gottlos

vorkamen wie mir. Aber er antwortete ganz gelassen, die wunderschönsten Sachen, wie er glaube, daß die Menschheit seit jenen Tagen dennoch fortgeschritten sei, und daß es freilich mehr Schweiß und Fleiß koste, aufzubauen, als umzureißen, und ihm scheine, ohne etwas Heiliges falle die Welt auseinander, wie ein Gebäude ohne Mörtel, und dergleichen mehr, was ich leider vergessen habe. Denn so lange er sprach, sah ich ihm mehr nach den Augen, als nach dem Munde, weil ihm die Augen ordentlich wie durchsichtig waren. Nur Eins fällt mir noch ein, daß er sagte: Ein Geschlecht, das auf den Gräbern seiner Vorfahren tanzen mag, wird schwerlich sich um seine Nachkommen bekümmern, und wer seine Vergangenheit mit Füßen tritt, ist auch keine Zukunft werth.

Das war ihm so entfahren, und augenblicklich wurde er roth, denn er fürchtete, den Vater beleidigt zu haben. Den aber focht so etwas nicht an. Bah! sagte er, es machen es Alle nicht besser, nur lassen sie sich nicht gerade von Geigen und Clarinetten Tanzmusik dazu machen. Jedes Geschlecht denkt nur an sich und hat ein Recht dazu. Da war zu derselben Zeit noch ein anderer Ball in Paris, der Bal des Victimes. Du weißt, daß der Convent die Güter aller Guillotinirten confiscirt hatte, und erst nach dem neunten Thermidor wurden sie ihren Erben wieder zurück erstattet. Da kam Mancher zu Vermögen von Robespierre's Gnaden, und die jungen Leute fingen an ihr Leben zu genießen und gaben Bälle, wo nur Tänzer und Tänzerinnen geduldet wurden, die nachweisen konnten, daß ihnen ein naher Verwandter geköpft worden war. Es war eine Art Ahnenprobe des Schaffottes, und um mitten im Rausch und Taumel dankbar daran zu erinnern, hatten sie eine eigene Art, sich zu begrüßen. Der Herr näherte sich der Dame und machte mit dem Kopfe eine Bewegung, als wollte er ihn in das Loch unter das Fallbeil stecken, und die Dame erwiederte auf dieselbe Art den Gruß. Das nannten sie Salut à la victime, und dazu Walzer und Allemande und Kerzenglanz und Champagner. Ich will das nicht gerade löblich finden; es war Modesache und keine von den anmuthigsten. Aber ist viel damit gebessert, daß die jungen Leute heutzutage den Mund voll nehmen von der Heiligkeit der Bande des Bluts, von der Pietät gegen Vorfahren und Eltern, und doch im Stillen nach der Stunde seufzen, wo sie selbst an die Reihe kommen, wenn auch ohne Robespierre's Mitwirkung?

Ich ging aus dem Zimmer, ich konnte das nicht länger mit anhören, dieses Gespräch von einem Vater mit einem solchen Sohn. Ich wartete im Vorzimmer, bis ich den Grafen Ernst herauskommen sah, um zu Bett zu gehen. Er war still und traurig im Gesicht und ging auch an mir vorbei, ohne mich zu bemerken, und ich nahm das Licht und folgte ihm stillschweigend. Draußen auf dem Corridor blieb er auf einmal stehen und sah nach der Treppe, die von einer Lampe mit zwei Armen ziemlich hell erleuchtet war. Was hat er nur? dachte ich. Indem sah ich Mamsell Gabriele mit einem Silbergeschirr vom Söller herunter kommen und an uns vorbei die Treppe hinunter gehen. Sie war schon unten verschwunden, als der junge Graf sich zu mir umwendet und fragt: Wer ist das, Flor? Wer ist die Dame?

Ich sagt' es ihm. Aber er schüttelte den Kopf. Sollte ich mich so lebhaft täuschen? sagte er vor sich hin. Und dann nach einer Weile, als ich ihn hier herauf in sein Zimmer begleitet hatte: Flor, sagte er, ich habe doch recht gesehen. Sie war ja auch nur zum Besuch drüben im Städtchen und ist bald nach dem Ball wieder abgereist. Beide Eltern todt, sagst du? Und ganz ohne Vermögen zurückgeblieben, ohne Verwandte, daß sie nun dienen muß?

Sie hat es hier gut im Schloß, sagte ich, um ihn zu beruhigen, denn ich hatte es rasch zusammengereimt, daß sie seine alte Flamme war, um die er damals sich so gegrämt. Ja, lieber junger Graf, sagte ich, es könnte ihr nirgends besser gehen, als hier. Auch der gnädige Herr Vater ist gar gütig zu ihr und läßt ihr durchaus nichts zu Leide oder Unehre geschehen. – Aber es war, als hörte er gar nicht zu, so saß er nur immer vor sich hin dort in dem großen Armsessel am offenen Fenster, und mir wurde ordentlich bange um ihn. Denn es schien heftig in ihm zu arbeiten, und alles, was er wohl längst verwunden zu haben glaubte, rührte sich wieder. Dazu das Wiedersehen der alten Räume, hier die Tapeten mit der Jagd, die Möbel aus seiner Knabenzeit, der dunkle Wald vorm Fenster, das garstige Gespräch mit dem Vater – ich verdacht' es ihm nicht, daß er die alte Flor darüber vergaß. Ich wollte mich endlich ganz sacht aus dem Zimmer stehlen, aber er merkte es, stand auf und legte mir beide Hände auf die Schultern.

Flor, sagte er, wenn es wirklich so kommen sollte, wie ich's kaum zu hoffen wage, es wäre doch eine wunderbare, freundliche Fügung.

Wenn es *wie* käme? fragte ich, denn so lieb mir das Mädchen war, der Gedanke, daß sie Frau Gräfin werden könnte, war mir nie auch nur im Traum durch den Sinn gefahren.

Stellen wir Alles dem Schicksal anheim, sagte er ernsthaft. Gute Nacht, Flor.

Und damit trat er wieder ans Fenster, und ich ging in mein einsames Zimmer hinunter, wo ich aber, so ungestört ich war, die halbe Nacht nicht einschlafen konnte.

So verschlief ich mich denn auch richtig ganz gegen meine Gewohnheit und schämte mich nicht wenig, als ich die helle Sonne mir ins Fenster scheinen sah. Man konnte aus meinem Stübchen gerade in den Krautgarten sehen, den Mamsell Gabriele angelegt hatte, und wie ich hinaus blickte, ging sie auch schon zwischen den Beeten hin und her und schnitt Gemüse in einen Korb ab für die Tafel. Ich wollte ihr gerade zurufen, wie lange ich geschlafen, da sehe ich Graf Ernst aus dem Wald treten und auf das Gärtchen zugehen. Er grüßte sie, und ich sah, wie sie sich ganz unbefangen aufrichtete und für den Gruß mit allem Respect dankte. Keine Spur, daß sie ihn wiedererkannt, und auch während er mit ihr sprach, nichts von Erinnern oder Verlegenheit, daß sie ihrem ehemaligen Tänzer nun als ihrem Herrn gegenüberstand. Er war offenbar viel befangener als sie. Und wie sie so neben einander durch das Gärtchen hingingen, mußte ich mir sagen, wenn's wirklich Gottes Wille sein sollte, ein schöneres Paar könnte man schwerlich finden, und ich gönnte in dem Augenblicke dem armen Kind alle Ehre und Freude der Welt, nur meinen jungen Grafen mußte sie so glücklich machen, wie er es verdiente.

So denkt der Mensch, und Gott lenkt, heißt's im Sprüchwort. Das sollte ich denn auch diesmal erfahren.

Ich hatte ihnen nicht lange so zugesehen, da kam Monsieur Pierre eilig in den Garten und bestellte, daß der Graf seinen Herrn Sohn zu sprechen begehre. Bald darauf ritten sie auch beide fort, und es nahm sich gut aus, der stattliche Vater auf seinem wilden Rappen und daneben der schlanke Sohn, der eine lichtbraune arabische Stute ritt, und nun im Galopp über die Brücke in den Wald. Monsieur Pierre erzählte, es sei schon ganz früh eine Einladung vom Baron drüben eingetroffen, für beide Grafen zu Tisch. Da der Vater nicht habe anbeißen wollen, wurde nun eilig die Angel nach Graf Ernst ausgeworfen. Und freilich hatten die drei Baronessen nicht mehr viel Zeit zu verlieren. Nun, dacht' ich, die machen auch die Rechnung ohne den Wirth.

Von unserer Gabriele aber war nicht viel mehr herauszubringen, als daß sie allerdings vor Jahren einmal im Städtchen drüben eine Freundin besucht und dort auch mit dem Junker getanzt habe. Er schien aber so schüchtern zu ihr gewesen zu sein, daß sie keine Ahnung hatte, wie lange ihr Bild ihm zu schaffen gemacht. Auch jetzt sprach sie von ihm, wie von jedem Andern, was mich heimlich verdroß. Aber im Grunde war es doch wieder ganz recht und gut, und ich nahm mir vor, meine Hand ganz aus dem Spiel zu lassen und mit keinem Wink noch Wort dem Himmel vorzugreifen.

Abends, da die Grafen zurückkehrten, hatte ich endlich einmal wieder ein langes und vertrauliches Ausschwatzen mit meinem Grafen Ernst. Zuerst war er ganz lustig und beschrieb mir den Aufputz und die Manieren der drei strohfarbenen Baronessen, die seit den vier oder fünf Jahren, daß er sie nicht gesehen, sehr viel jugendlicher, verschämter und lachlustiger geworden seien, mit seinem Vater zierlich geschmollt hätten, daß er schlechte Nachbarschaft halte, und deutlich zu verstehen gegeben, daß der Sohn die Sünden seines Vaters wieder gut machen würde. Und so Ein Auge auf den Vater gerichtet, Eins auf den Sohn, hätten sie einen angenehm schielenden Anblick gewährt. Ach, Flor, sagte er, es war recht dazu angethan, mir diese standesmäßigen Partieen zu verleiden. Fast habe ich meinen Vater im Verdacht, daß er mir absichtlich gleich am ersten Tage dieses Fest veranstaltet hat, um mich vor den Töchtern des Landes zu warnen und mir den Werth meiner Freiheit deutlich zu machen. Er weiß nämlich, wie schwer ich mich entschließen würde, zur Gesandtschaft nach Stockholm zu gehen, wohin man mich gern schicken will. Ich bliebe so viel lieber hier in meinem Wald und würde wieder ein rechter Jäger und mit der Zeit auch ein Bauer, und, Flor, wie ich dich kenne, treue Seele, würdest du mich nicht wegjagen von hier. Aber nur hinzuwerfen braucht' ich das, wie eine romantische Grille, da merkt' ich wohl, daß ich die letzte gute Meinung meines Vaters verscherzen würde, wenn ich an bleiben dächte. Und ich habe Ursache, sagte er mit einem zitternden, stillen Ton in der Stimme, der mich schrecklich traurig machte, ich habe alle Ursache, Flor, die väterliche Freundschaft nicht auf zu harte Probe zu stellen. Man hat doch nur Einen Vater.

Armes Kind! das war das einzige Mal, daß er sich's merken ließ, wie es ihn grämte, keine Liebe bei seinem Herrn Vater zu finden.

Lieber Graf Ernst, sagte ich, Sie wissen, wie ich Ihnen alles gönne, was Ihr Herz begehrt. Aber man muß sehr glücklich oder unglücklich sein, um es bei jungen Jahren in dieser Einsamkeit auszuhalten.

Und wie hast du es zu Stande gebracht, Flor? fragte er.

Ich war eben glücklich, sagte ich, daß ich einen so lieben Junker aufzuziehen hatte, der mich nie empfinden ließ, daß ich nicht seine Mutter war, sondern nur ein armes, geringes Mädchen.

Da gab er mir die Hand und sagte: Du hast Recht, liebe Alte. Aber wenn man denn hier durchaus Alles oder Nichts haben muß, warum soll ich ein für alle Mal verzweifeln, ein glücklicher Mensch zu werden?

Ich schwieg, denn ich getraute mir nicht, von der Einen Hauptsache zu seinem Glücke selber anzufangen. Aber er errieth meine Gedanken schnell und sagte: Es ist wahr, auch wenn mein liebstes Glück sich mir nicht versagen wollte, dürfte ich denn die Hand danach ausstrecken? Wie wunderlich widersprechen sich die Menschen! Mein Vater, der nicht mehr zu Hofe geht, weil er behauptet, der heutige Adel habe all sein Vollblut nur noch in seinen Pferdeställen, was würde er für Augen machen, wenn ich ihm vorschlüge, ein unbescholtenes Mädchen, das in seinem Dienst gestanden, zur Schwiegertochter anzunehmen! Aber das sind auch törichte Einfälle. Ich werde wohl nie in die Versuchung kommen, ihm so etwas zu sagen.

Das beste Mittel dazu, sagte ich, da er ganz kleinlaut schwieg, würde dennoch sein, bald wieder abzureisen. Denn ich bin gewiß, lieber Graf Ernst, wenn das Fräulein Gabriele thut, als hätte sie keine Augen für ihren jungen Gebieter, so weiß sie, was sie thut, als das verständige Mädchen, das sie ist, und es wäre auch ein großer

Jammer um das liebe Kind, wenn das Herzchen mit den Augen durchginge, und dann wäre kein Halten mehr, denn das Mädchen kenn' ich, die hat einen heftigen und starken Geist, und wenn der sich einmal entschlossen hat: Ich will dies und das Schicksal auf mich nehmen, und sollt' ich drum sterben und verderben, so stirbt und verdirbt sie, und Keiner hört eine Klage von ihr. Der Himmel weiß, sagt' ich, daß mir's sauer wird, so was vorzubringen, aber besser, mein Herzenssohn, ich muß Sie nach kurzer Zeit schon wieder verlieren, als Sie machen sich und das arme Kind zugleich unglücklich. Denn was Sie von dem Herrn Vater gesagt haben, ist nur gar zu wahr und gewiß, und so sehr ich weiß, daß Sie mit dem Kinde gut durchs Leben fahren würden, so deutlich seh' ich auch, Ihr Schiff scheitert, noch eh es ausgelaufen ist, und dann ist's eine große Unseligkeit für Viele, und mir bricht's das Herz.

So redete ich und meinte Wunder wie vorsichtig und weise gethan zu haben. Aber ich sollte bald erleben, daß ich das Uebel nur ärger gemacht hatte. Denn wenn er Anfangs nicht die geringste Hoffnung gehegt hatte, er könne dem Mädchen so sehr gefallen, wie sie ihm, so legte er jetzt ihre gleichmäßige Art und ihr gemessenes Betragen günstiger für sich aus, als thue sie sich diesen Zwang an, um sich nicht über Gebühr fortreißen zu lassen, und leide selbst darunter. Ich selbst war steif und fest derselben Meinung. Mir schien nicht minder, daß sie seit der Ankunft des jungen Grafen noch viel träumerischer und ernsthafter geworden sei, und ich sah oft Blaß und Roth auf ihrem schönen Gesicht wechseln ohne allen erdenklichen Grund. Ich nahm mir vor, bei der nächsten Gelegenheit noch einmal meinem Grafen Ernst kräftig ins Gewissen zu reden, daß er ein Ende machen müsse, so oder so. Aber die Gelegenheit kam nicht, und sie vom Zaun zu brechen, versäumte ich aus Zärtlichkeit, denn es war mir nichts Kleines, meinen Liebling so bald wieder herzugeben. Und so gingen acht, vierzehn Tage, drei ganze Wochen hin, und täglich sah ich, wie das Unheil wuchs, und andere Augen sahen es auch. Wenigstens hinterbrachte mir der Monsieur Pierre, es sei zwischen den beiden Grafen von der Stockholmer Reise die Rede gewesen und Graf Heinrich habe darauf bestanden, daß sie nicht aufgeschoben werden sollte, wogegen Graf Ernst sich noch eine Bedenkzeit ausgemacht hätte. Seitdem aber sorgte der Vater dafür, daß sie alle Tage von früh bis in die Nacht

Ausflüge machten und sein Sohn mit der Schönen Mamsell nicht mehr so lange Conversation machen könne. C'est drôle, sagte der schlaue Mensch, wenn mein Herr selbst in das Mädchen verliebt wäre, könnte er sie nicht sorgfältiger bewachen. Mais je vous en réponds, es ist nichts damit, nicht der Schatten von einer liaison, es wäre das erste Mal, daß mein Herr dergleichen ohne mich zu Stande brächte. Und wie wär' es auch möglich? Haben nicht Alle im Schloß Augen und Ohren offen? Ich meine fast, es steckt was ganz Anderes dahinter, der Graf hat etwa mit ihrer Mutter – Sie verstehen! Aber lassen Sie es unter uns, Mamsell Flor.

Mir gab das alles viel zu denken. Aber ich kam zu keinem Ende, bis es sich endlich von selber und ganz anders auflöste, als mein dummer Kopf sich's träumen ließ.

Denn sehen Sie, eines Abends im October, da gerade einmal kein Ritt in die Nachbarschaft gemacht worden war, sondern Graf Heinrich saß auf seinem Zimmer und rechnete mit dem Verwalter, Graf Ernst aber war mit der Büchse und seinen schweren Gedanken nach Tische schon in den Wald gegangen, da höre ich plötzlich im Hof eine unbekannte Stimme, die einen der Knechte nach Fräulein Gabriele fragt. Das Mädchen war gerade wieder im Garten und schnitt die letzten Georginen und Astern von den Stöcken zu einem Strauß für die gräfliche Abendtafel. Ich also in den Hof und dem Fremden entgegen, und frage nach seinen Wünschen, und bin voller Freuden, als ich höre, daß er der Bruder von Mamsell Gabriele ist und aus England herüber gekommen, nur um seine Schwester einmal wiederzusehen. Sein Wesen, das sehr ernsthaft, einfach und männlich war, gefiel mir, obwohl er von Gesicht und Gestalt viel unscheinbarer war, als die Schwester, und auch in der Kleidung fast nachlässig. Ich heiße ihn herzlich willkommen, sage, wie sich das gute Mädchen freuen würde, ihn wiederzusehen, und führe ihn durchs Schloß nach dem Ausfallthürchen, wo man in den Wall und zu dem Garten gelangt. Da sehen wir denn auch gleich unsere Gabriele zwischen den hohen Blumen stehen, und sie erkennt ihn im Nu. Aber für ein Wiedersehen zweier Geschwister nach so langer Trennung war es doch seltsam, daß sie nicht freudiger auf einander zustürzten. Sie erblaßte wie in einer Ohnmacht, und er streckte ihr mit wenig Worten, die fast mitleidig klangen, die Hand entgegen. Es mag ihnen beiden wohl einfallen, dacht' ich, daß sie sich zuerst als Waisen wiedersehen; ich muß sie nur allein lassen! – Und so ging ich auf mein Zimmer, von wo ich sie im Auge behalten konnte, und sah sie dort noch immer so bei einander stehen, wie ich sie verlassen hatte; nur er sprach lebhaft und, wie es schien, nicht eben fröhliche Dinge, während sie mit gesenktem Kopf ihm zuhörte.

Eine Viertelstunde mochte darüber vergangen sein, da trat plötzlich aus den Buchen mein Graf Ernst heraus und stand still, als er die Beiden im Garten mit einander reden sah, dann ging er stracks auf den Fremden zu, begrüßte ihn artig, und ich sah, wie er sich in ihre Unterhaltung mischte. Was sie sprachen, konnte ich nicht verstehen, da es erst sehr gelassen und leise blieb. Aber jetzt hörte ich den jungen Grafen ausrufen: Sie werden sich's noch überlegen, werther Herr. Wie ist es möglich, über Nacht plötzlich so entscheidende Entschlüsse zu fassen! Und was sagt Ihre Schwester dazu? Wie denken *Sie*, Gabriele? Sie sehen, lieber Herr, Ihre Schwester ist ganz bestürzt von dem überraschenden Eingriff in ihr bisheriges Leben. Nein, Sie dürfen mit all Ihrer brüderlichen Treue und Sorge doch auch nichts Gewaltsames thun. Ihre Schwester ist uns allen zu werth, zu unentbehrlich, und so viel ich weiß, hat sie bisher keinen Grund gehabt, eine Aenderung ihrer Lage zu wünschen. Bleiben Sie einige Zeit unser Gast und überzeugen Sie sich, daß es sich ganz leidlich in unserer Wildniß leben läßt.

Er reichte dem Fremden die Hand, und dieser nahm sie zögernd, sagte aber einige Worte, die ich nicht verstand, verbeugte sich und ging ins Schloß zurück. Graf Ernst blieb bei dem Mädchen stehen; er schwieg erst und sah ihr nur immer forschend ins Gesicht, das sie zu Boden gesenkt hatte. Dann sprach er rasch und leise, und ich glaubte jedes Wort zu ahnen, was er über die Lippen brachte. Auf einmal ließ sie den Strauß fallen, bedeckte das Gesicht mit beiden Händen und schritt blindlings mit heftig vorbrechenden Thränen von ihm weg dem Walde zu.

Er blickte ihr lange in tiefen Gedanken nach, wagte aber nicht, ihr zu folgen. Doch wie er sich nach dem Schlosse wandte, sah ich sein Gesicht, das wie strahlend war, und einen Ausdruck hatte, dessen ich mich aus seinen Kinderjahren noch wohl entsann, wenn er nach dem langen Winter zum ersten Mal wieder die Sonne überm Wald heraufsteigen und die schöne Frühlingszeit ankündigen sah.

Ich war so bewegt, daß ich nur still die Hände faltete und betete, was mir gerade einfiel. Indem hörte ich auf dem Corridor draußen die Stimme des Fremden, der Monsieur Pierre fragte, ob der Herr Graf jetzt zu sprechen sei. Er blieb lange droben beim Herrn, und ich hörte über meinem Kopf hin- und hergehen und bei den offenen Fenstern laut und gebieterisch reden. Dann kam der Fremde wieder herunter und bald darauf auch Graf Heinrich, und dann ließ sich Monsieur Pierre bei mir blicken und schüttete alle Neuigkeiten aus, die er oben im Vorzimmer belauscht hatte.

Ja, lieber Herr, es hatte seine Richtigkeit damit, der Bruder war eigens aus England gekommen, um die Gabriele aus dem Schloß fortzunehmen. Aber wissen Sie, was ihn dazu gebracht hatte? Das Duell mit dem Lord, das war an Allem Schuld. Es war was davon in die englischen Zeitungen gekommen, mit Namen unseres Grafen und darauf hatte man ein paar Tage lang in London davon gesprochen, und eine Menge alter Liebes- und Ehrenhändel unseres Herrn waren wieder aufgewärmt worden, daß es dem Bruder keine Ruhe ließ; er reiste Tag und Nacht, und wollte nichts Geringeres, als seine Schwester nur so gleich wie sie ging und stand an die Hand nehmen und wieder umkehren mit ihr nach England. Mon cher, hatte der Graf ganz kaltblütig erwiedert, Sie sind ein großer Thor. Aber das ist Ihr eigener Schade, und ich will mit Ihnen nicht einmal darüber streiten, durch wen der Name Ihrer Schwester mehr compromittirt wird, durch mich, der eine Insolenz, mit der man ihr zu nahe getreten, in geeigneter Weise gezüchtigt hat, oder durch Sie, der Sie das Mädchen aus einem Orte, wo Jeder sie kennt und achtet, Knall und Fall an einen fremden Ort wegführen wollen, wo es mehr insolente Lords giebt, die Ihnen dann nicht den Gefallen thun werden, sich von Ihnen zerschießen zu lassen. Aber, wie gejagt, das ist Ihre Sache. Die meine dagegen ist, erstens, daß Sie den freien Willen Ihrer Schwester respectiren, da sie großjährig ist, und zweitens, daß der Kündigungstermin eingehalten werde. Ich kann meine Dienstleute nicht so von heut auf morgen entlassen, wie es ihnen vielleicht bequem ist.

Darauf hatte der junge Mann eine Menge Einwendungen gemacht, immer in einer kurz angebundenen, geschäftsmäßigen Art und ließ sich sogar von seiner Hitze fortreißen, dem Grafen eine Entschädigungssumme für den gebrochenen Contract anzubieten, worauf aber der Graf ihm den Rücken zukehrte, ins Nebenzimmer ging und den kecken Mann stehen ließ. Der hatte sich noch eine Weile besonnen und war dann eilig aus dem Schloß fortgegangen, wahrscheinlich, sich beim Bürgermeister im nächsten Ort Raths zu erholen, wie weit er sich in seinem Falle auf das Gesetz berufen und den Grafen zwingen könne, die Schwester herauszugeben.

Mir sauste und summte von alle dem der Kopf, daß ich noch weniger als sonst für die abgestandenen Späße des Monsieur Pierre Ohren hatte, sondern nichts wünschte, als geradezu die Gabriele zu befragen, wie es ihr ums Herz sei. Denn das war doch endlich die Hauptsache. Also ging ich in das Zimmer der Mamsell hinüber, um sie dort abzuwarten. Es sah da noch immer genau so aus, wie zuerst, als sie es bezog, die vergoldeten Spiegel, Bilderrahmen und Möbel, die Tapeten von grüner Seide mit großen Mustern in Velours, und unter dem Baldachin mit den grünseidenen Umhängen das ganz schlichte Domestikenbett, und der Koffer mit den paar Kleidern der Mamsell daneben an der Wand. Zum ersten Mal dacht' ich ernstlicher darüber nach, wie das wohl sein würde, wenn hier wieder eine junge Gräfin wohnte, und male mir das alles so aus und betrachte dabei das Bild vom Grafen Heinrich aus seiner Bräutigamszeit, das unten überm Sopha hängt – Sie können es morgen sehen – und wische, wie ich's so in Gedanken zu thun pflege, mit meiner Schürze hie und da ein Stäubchen von den Marmortischen – da höre ich ein Geräusch, wie von Mäusen, die hinter der Tapete rascheln, und stehe still, um zu horchen, woher es wohl kommt. Nun ist da ein großer Wandspiegel im Zimmer mit breiten Rococorahmen, lebensgroß und bis an den Boden reichend, genau wie jener im oberen Geschoß in des Grafen Heinrich Zimmer. Dahinter schien es zu nagen und zu rascheln, und ich suche schon mit den Augen unten am Parket nach einem Mausloch, da fängt der Boden an, sich zu verschieben, mein Bild im Spiegel kreist, wie wenn mir's schwindelte, ich fahre erschrocken zurück und sehe, wie sich hinter dem aufgähnenden Spiegelrahmen die Wand öffnet, und ins Zimmer tritt – mein junger Graf Ernst!

War ich entsetzt, so war er nur wie verwundert. Flor, sagt er, guten Abend! Da bin ich auf einem seltsamen Diebsweg zu dir geschlichen, von dem ich nie vorher etwas geahnt habe. Denke nur, ich gehe zu meinem Vater hinauf und finde ihn nicht, und denke:

ich will ihn erwarten, denn die Nacht soll nicht darüber vergehen, bis Alles klar und im Reinen ist. Ich habe mit ihr gesprochen, der Bruder will sie uns entführen; ich fragte sie, ob es ihr leicht werde, uns zu verlassen, ob sie nicht *mir* zu Liebe bleiben würde, – da brach sie in Thränen aus und ging eilig von mir. Endlich glaube ich dir, Flor, es stand nichts zwischen uns, als das Wappen überm Portal. Wir können es ruhig stehen lassen und darunter weg in ein glückliches Haus eintreten. Und eben denke ich noch an alles, was ich dem Vater zu sagen habe, da sehe ich oben an einem Wandspiegel eine Stelle im Rahmen, die schadhaft ist, wie mir scheint. Ich bohre so in der Zerstreuung mit dem Finger daran, plötzlich setzt sich der Spiegel in Bewegung, die Mauer öffnet sich, und ich starre in einen engen, finstern Gang. Aber kaum habe ich ihn aus Neugier betreten, so schließt sich's hinter mir von selbst, und nun, da ich im Dunkeln weder einen Thürgriff noch eine Feder entdecken kann, bleibt mir nichts übrig, als tastend vorwärts zu gehen, erst eine Strecke weit gerade aus, dann ein Wendeltreppchen hinab, Alles stockfinster, bis ich unten wieder in einem engen Schlupfgange ankomme und vor einer Wand Halt machen muß. Ich gestehe, daß mich mehr wie Ein kalter Schauer überlief, bis ich Alles durchgetastet hatte und endlich hinter die Mechanik kam. Was tausend, sagte er ganz lustig, stecken in unserem Schloß noch mehr solcher Maulwurfs-Verließe? Und wo bin ich denn hier? Das ist doch nicht dein Zimmer, Flor? Das ist ja, wenn mir recht ist – ja wohl, hier hat meine arme Mutter gewohnt; und jetzt – wie ist mir denn? Wohnt jetzt nicht –

Er hielt plötzlich inne, sah mich mit einem Blick an, in dem eine furchtbare Angst aufflackerte, und schloß dann die Augen, als könne er den Anblick keines Menschen mehr ertragen. Ich selbst war mehr todt als lebendig. Aber ich nahm mich zusammen und sagte: Nur wegen der Gesundheit, weil dieses Zimmer die Sonne hat, hat der gnädige Herr Graf bestimmt, daß unsere Gabriele hier wohnen soll. Lieber, theurer Ernst, was ist Ihnen? Was kann Ihnen nur so heftig die Gedanken verstören? Der Gang – sehen Sie – Niemand wußte von ihm – schwerlich wohl Ihr Herr Vater selbst; die Mechanik ist freilich unverrostet und dreht sich ganz sacht in den Angeln; aber glauben Sie doch nicht, bester Ernst – und wie soll auch Staub und Nässe daran kommen, so wohlverwahrt wie Alles ist? Es ist ein

Zufall, sagt' ich (und wollte mir's selber einreden) – wie wäre es nur möglich? Das Mädchen, das so streng auf seine Ehre hält, und der Herr Graf, der erst vor wenigen Monaten – und nun kramte ich in meiner Einfalt und Herzensangst die Geschichte von dem Duell aus, und meinte Wunder, wie sehr ich ihn und mich damit beruhigen müßte. Aber indem ich erzählte, fielen mir erst recht die Schuppen von den Augen. Schlägt man sich auch um die erste, beste Dienerin? Und wie ich das bedachte, kam ich plötzlich ins Stocken und konnte nichts Gescheiteres mehr vorbringen, als: Es wäre ja unerhört, und es muß ein Irrtum sein, oder ich werde irre an der ganzen Welt und dem Herrgott im Himmel.

Da schlug er die Augen wieder auf und sah nur zufällig das Bild des Vaters drüben an der Wand und streifte dann mit einem Blick den kleinen Koffer, der neben dem Bett stand und ich fühlte wohl, er glaubte an keinen Irrtum. Ich hatte in der Aufregung seine Hand gefaßt, die ganz welk und kalt war, aber ich spürte kein Zucken oder Leben an ihr. Flor, sagte er mit stiller Stimme, du wirst es Niemand sagen, daß wir uns hier getroffen haben. Niemand, Flor! Versprich mir das.

Ich drückte seine Hand mit meinen beiden und konnte kein Wort mehr sprechen, denn ich hatte ein Gewicht auf der Brust, wie von zehn Mühlsteinen. Er aber machte seine Hand sanft von mir los und ging aus dem Zimmer.

Wo er den Abend blieb, habe ich nie erfahren. Es wußte aber an jenem Tag überhaupt Niemand vom Andern; Graf Heinrich kam nicht in die Halle hinunter, der Bruder der Mamsell Gabriele blieb in der Stadt, sie aber steckte noch immer im Wald, da es schon ganz dunkel geworden war. Ich selbst, sobald mich meine Kniee wieder tragen wollten, retirirte mich in mein einsames Zimmer, denn ich wollte von der Welt nichts sehen und hören, am wenigsten aber der Gabriele begegnen. Ich muß es bekennen, lieber Herr, ich habe sie an dem Abend gehaßt, wie meine Todfeindin. Hundertmal habe ich vor mich hin gesagt: Wenn doch der Erdboden sich unter ihr aufthäte! Wenn doch der Wald über ihr zusammenschlüge und sie begrübe, ehe sie Vater und Sohn einander noch fremder macht, als sie sich leider schon sind! Hundertmal warf ich mir's vor, daß ich mich damals von ihren Trauerkleidern und dem blassen Gesicht bereden ließ, gegen meine Ahnung, sie ins Schloß aufzunehmen. Und nun stellte ich mir meinen Grafen Ernst, meinen Liebling vor, wie er jetzt wohl im halben Wahnsinn durch die Nacht herumschweife und sich aus dem schönsten Traum, den er je geträumt, aus der einzigen Lebensfreude, die ihm schon als blutjungen Menschen vorgeschwebt, ein Verbrechen mache, eine Versündigung an der Natur und an allem, was ihm heil war. Was soll daraus werden? jammerte ich immer wieder und rang die Hände und war so trostlos, daß ich meinte, wenn der Morgen anbreche, müsse die Welt untergehen.

Als ich so gegen Schlafenszeit das Mädchen draußen an meiner Thür vorüber und in ihr Zimmer gehen hörte, zitterte ich am ganzen Leibe vor Abscheu und Empörung, und ich hätte für nichts gestanden, wenn sie zufällig hereingekommen wäre. Hätte sie meinen Ernst mit Gift vergeben, ich wäre ihr minder gram gewesen. Nun stellte sich mir die Vergangenheit wieder vor Augen, und ich konnte nicht begreifen, daß ich so blind gewesen war; ich schalt sie, um mir nicht allzu einfältig vorzukommen, die verschmitzteste Heuchlerin, die jemals Männern nachgestellt und ihrem eigenen Geschlecht Sand in die Augen zu streuen verstanden habe, und band mir endlich ein großes seidenes Tuch fest über die Ohren, aus Furcht, ich möchte drüben in der Nacht ein Geräusch hören und unfreiwillig Zeuge sein, wenn sie Besuch empfing.

Ich weiß daher auch nicht, ob sie allein blieb oder nicht. Ich hatte mein Lämpchen angezündet und las im Gesangbuch; aber Gott verzeih mir's, ich wußte nicht, was ich las. Hunger hatt ich auch, da ich nicht zum Essen hinunter gegangen war, und auch da gab ich dem Mädchen Schuld, das nun einmal mein Sündenbock sein mußte. Denn dem Herrn Grafen noch irgend etwas übel zu nehmen, hatt ich mir längst abgewöhnt. Und so muß ich wohl endlich vor Hunger, Gram und Grübeln eingeschlafen sein, auf dem Lehnstuhl, wo ich gelesen hatte. Wenigstens erwachte ich auf einmal, wie sich eine Hand mir auf die Schulter legte, denn hören konnte ich ja nichts wegen des Tuchs.

Die Lampe war ausgebrannt, und durchs Fenster sah der erste graue Tag ins Zimmer. Neben meinem Stuhl aber stand meine Feindin, die Mamsell Gabriele. Ich starrte sie groß an, denn sie hatte ihr Strohhütchen auf und ein braunes Umschlagetuch über der

Brust zugesteckt, dazu einen Sonnenschirm in der Hand. Nun mußte ich mich wahrlich besinnen, was sich gestern zugetragen hatte, und inzwischen hatte ihr stilles, trauriges Gesicht Zeit, mir durch die Rinde von Haß, die sich mir ums Herz gelegt hatte, durch und durch zu blicken. Ich band mir das Tuch vom Kopf, da sie zu sprechen anfing, und stand auf.

Um Gotteswillen, sagte ich, was führt Sie denn zu mir? Wie spät ist es denn, habe ich denn geschlafen?

Liebe Mamsell Flor, sagte sie, es ist etwa vier Uhr Morgens, und es thut mir leid, daß ich Sie habe wecken müssen. Aber ich habe notwendig mit Ihnen zu reden. Sie sind immer gütig gegen mich gewesen, und es würde mir weh thun, wenn Sie ungleich von mir dächten und den Schritt, den ich thun muß, nicht völlig begriffen.

Was haben Sie nur vor? unterbrach ich sie. Sie sind ja ganz reisefertig! Sie werden doch nicht vor Thau und Tage das Schloß verlassen? Und Ihr Bruder ist noch nicht einmal zurück.

Ich will ihm nach, sagte sie, und ihn bitten, daß er mit mir fliehen soll bis ans Ende der Welt. O, hätte ich früher die Kraft gehabt, mich loszureißen, ich wäre ja auch unselig gewesen und hätte mein Herz hier zurückgelassen, aber die Schuld folgte mir nicht nach, und ich könnte getrost von Ihnen Abschied nehmen, meine mütterliche Freundin. Jetzt werden Sie mir vergeben, das weiß ich wohl, weil Sie gut sind und mitleidig, aber es wird Ihnen immer weh thun, wenn Sie in Zukunft meinen Namen hören oder sich an mich erinnern, da ich so großes Unheil gestiftet und Ihrem theuren Pflegesohne den schwersten Schmerz bereitet habe, den ein Mann nur fühlen kann. Liebe Mamsell Flor, er hat gestern um mich geworben, und ich – ich gehöre seit dem Frühjahr seinem Vater an!

Darauf schwieg sie, wie erstarrt von dem Klang ihrer eigenen Worte. Ich aber, wie ich sie das alles selbst sagen hörte, was mich noch gestern so in Wuth und Abscheu gegen sie gebracht hatte – sehen Sie, lieber Herr, eine eigene Tochter hätte mich nicht schneller wieder gut gemacht. Dabei stand sie vor mir wie das Bild des Grams, die Augen eingedrückt, als schmerze sie jeder schwache Lichtstrahl, der auf ihr unglückliches, verlorenes Leben fiel, und nur ihre Brust arbeitete schwer und gewaltsam. Ich war auch ganz verstummt, und sagte endlich, um nur was zu sagen: Setzen Sie sich doch, sie haben einen weiten Weg vor sich! – und wurde dann roth über diese einfältigen Worte, die ja gar nicht hinpaßten. Sie that auch, als habe sie es nicht gehört, und sagte nach einer Weile: Sie wissen es wohl, daß ich allen Muth zusammen genommen habe, um mich noch bei Zeiten zu retten. Denn ich war mir bald genug darüber klar, wie es um mich stand. Ich habe keine leichtsinnige Gemütsart, liebe Flor, und in dieses Schicksal bin ich mit offenen Augen hineingegangen, und dachte genau den Weg zu kennen, den ich ging. Daß er an diesen Abgrund führen sollte, ahnte mir freilich nicht. »Mit offenen Augen«, sage ich? Waren sie denn auch klar? Standen nicht die Tränen noch darin, die ich weinte, als ich das Blut aus seinem verwundeten Arm tropfen sah und dachte, daß *ich* die Ursache sei? Er kannte mein Herz nur zu gut. Er hatte lange um mich geworben, und mehr als einmal hatte ich ihm erklärt, daß ich die Seine nicht sein würde, außer als sein angetrautes Weib. Das kann nie geschehen, hatte er gesagt. Ich habe einen Sohn, dem ich sein Erbe nicht schmälern darf, der scheel sehen würde, wenn ich ihm eine junge Stiefmutter gäbe. Und da wir uns ohnedies nur zur Noth vertragen, käme es durch diesen Schritt zum offenen Bruch. – Dies alles bewies er mir deutlich, aber es änderte meinen Sinn keinen Augenblick. Erst von ihm habe ich das Wort »Gewissensehe« gehört; meine ganze Religion stritt dawider, und dann war ein Stolz in mir, der lehnte sich auf gegen das Heimliche. Wenn Zwei es werth sind, sich anzugehören, und ihr Gewissen zum Zeugen nehmen dürfen, sollen sie es vor den Menschen verbergen, wie eine Sünde? So litt ich Tag und Nacht, und Gott weiß, wie es in mir kämpfte. Flor, diesen Mann, der so gewaltig ist, so herrisch und stolz – ihn bitten zu hören, ihn leiden zu sehen, und dabei in der einsamen Wildniß dieses Waldes neben ihm fortzuleben, wo uns Niemand zu Hülfe kommt, Niemand zu rathen vermag, als das eigene Herz, das ist furchtbar. Und das Furchtbarste war, als er Monate lang kein Wort mehr mit mir sprach, keinen Blick an mich wandte, und ich nur sah, wie die stumme Leidenschaft an ihm zehrte, und endlich das Blut an seinem Arm – da war ich zu Ende mit meiner Kraft, da gab ich mich besiegt, und, liebe Flor, wenn es wirklich einen Mädchenstolz giebt, der durch alle diese Blut- und Feuerproben nicht wankend geworden wäre, ich würde ihn kaum beneiden können.

Wir haben uns ewige Treue angelobt, fuhr sie fort, und ewiges Geheimniß. Ich war ruhig in meinem Gemüth, glücklich noch nicht. Nicht, daß ich an ihm gezweifelt hätte! Ich weiß es: was auch immer hinter ihm liegt – und er hat sich in meinen Augen nie besser machen wollen, als die Welt ihn kennt – von nun an wird er nie ein anderes Weib lieben, als mich, wie ich nie einen anderen Mann, als ihn. Aber eine schwere Ahnung von Traurigem, das unfehlbar bevorstände, umgab mich, und nun ist es eingetroffen, und mein Leben ist für immer zerstört.

Ich kann nicht stehen bleiben, fuhr sie fort, wo ich stehe, zwischen ihm und seinem Sohn. Hätte Graf Ernst, als er hierher kam, mich gefunden als seines Vaters rechtmäßige Gattin, so wäre die alte Jugendflamme schnell erstickt und Alles klar zwischen uns gewesen. Nun hat das unselige Geheimniß diese bittere Frucht getragen. Ich habe mich mit Gott berathen, sagte sie, was ich zu thun habe. Ich muß Alles auf mich allein nehmen und durch meine Flucht zu retten suchen, was noch zu retten ist; denn wäre ich jetzt todt, so wäre es für Alle das Beste. Nun muß ich dem Tode vorgreifen und mich hier aus dem Wege räumen, daß ich verschalle für immer. Ich werde meinem Bruder Alles gestehen, auch diese Buße soll mir nicht geschenkt sein, und den Rest meiner Tage werde ich einsam hinleben; aber es wird mir ein tröstlicher Gedanke sein, liebe Flor, zu glauben, daß Sie mir freundlich gesinnt bleiben.

Da ergriff ich erst ihre Hände, und dann streichelte ich ihr die Wangen und sagte: Liebe Gabriele, ich werde Sie nie vergessen, mein Herz wird Sie überall hin begleiten. – Und es war rührend, zu sehen, wie eine sanfte Freude bei diesen Worten ihr das Gesicht röthete und sie tief aufathmete, als fiele ihr ein Stein vom Herzen. Darauf bat sie mich noch, ihr beizustehen, daß ihre Flucht glücklich von Statten ginge. Wenn man im Schloß bemerkte, daß sie fort sei, möchte ich sagen, sie sei zu ihrem Bruder in die Stadt, um ihn zu bewegen, allein nach England umzukehren. Auf den Abend schon oder spätestens den anderen Tag werde sie wiederkommen. Ich schreibe dann an den Grafen, sagte sie, wenn ich jenseits des Meeres bin. Ihnen aber, beste, theuerste Freundin, werde ich diesen großen Dienst und all Ihre Liebe und Treue bis an meinen Tod nicht vergessen.

Sie fiel mir um den Hals und weinte so bitterlich, daß ich ebenfalls unter vielen Thränen sie zu trösten suchte, aber nur ganz einfältige Dinge sagte, denn es sah übel aus in meinem armen alten Kopf, und ich schluchzte nur immer: Armes Kind, Gott behüte Sie! vergessen Sie die alte Flor nicht ganz, ich habe Ihnen Unrecht gethan, sie sind viel zu gut, um so unglücklich zu werden! –

Als ob die guten Menschen auf Erden immer ein großes Loos ziehen müßten! Als ob meine selige Gräfin nicht schon hienieden ein Engel gewesen wäre!

Endlich hörten wir die ersten Vögel draußen im Wald, da richtete sich das holde Geschöpf muthig auf, trocknete ihre Augen und gab mir zum Abschied die Hand. Sie war so wunderschön, wie sie dann mit einem wehmütigen Lächeln mir auf der Schwelle der Thür noch einmal zunickte, daß ich selbst wie verliebt ihr nachsah und dann ans Fenster lief, um ihr auf dem Weg durch das Ausfallthürchen in den Wald noch einen Gruß nachzuwinken. Der Morgen graute langsam über den Bäumen; sie standen unbewegt wie im Schlaf, eben fing es an zu thauen, und es ist mir, als fühlte ich es noch heut, wie es meinem heißen Kopf wohlthat, zum Fenster hinauszulehnen und das Fieber darin austoben zu lassen, während die feuchte Luft mir ums Haar rieselte. Ich wußte noch gar nicht mich in Alles zu finden. Einen Augenblick dachte ich: Gott sei gelobt, der dem Mädchen so viel Muth und Besinnung ins Herz gegeben hat, zu gehen und so mit Einem Schritt Alles abzuthun; und dann kam mir's wieder in den Sinn: Wenn es seine Richtigkeit hat mit dem, was sie Gewissensehe genannt hat, wie darf das Weib vom Manne weggehen, als wäre sie noch Herr über ihr Leben? – Und doch wieder fiel mir, mit jedem Schritt, den sie vom Schloß weg in die Welt hinein that, ein Loth mehr von der Zentnerlast vom Herzen, und ich bildete mir ein, wenn mein armer Ernst sie nur sein Lebtag nicht wieder zu sehen brauchte, sei Alles gut, und für das Uebrige könne man den Himmel sorgen lassen.

Sie hatte schon einen großen Vorsprung gewonnen, als es unten in den Wirthschaftsgebäuden und Ställen lebendig zu werden anfing, und erst ein paar Stunden später pflegte der Graf aufzustehen. Ich war auch sonst immer die Erste im Hause auf und hatte hunderterlei zu schaffen und anzuordnen; jenen Tag aber konnte ich mich auf nichts besinnen mit meinem armseligen verwirrten Kopf und dachte an Nichts und Alles zugleich. Eine ganze Stunde brauchte ich, bis ich mein bischen Haar gestrählt hatte, und immer noch konnte ich mich nicht entschließen, aus der Thür zu gehen, denn ich meinte, der Erste, der mir begegnete, müsse der Graf sein, und wenn er mich fragte: Wo ist Mamsell Gabriele? würde ich zu stottern anfangen und am Ende die Wahrheit sagen. Zuletzt aber verlangte mich's gar zu heftig, nach meinem Ernst zu sehen, und ich ging auf den Zehen die Treppen hinauf, ganz langsam, denn meine Kniee zitterten, als wären sie über Nacht achtzig Jahr alt geworden. Droben lauschte ich an der Thür, es war aber still drin, und als ich sacht hereintrat, fand ich das Zimmer leer, das Bett unberührt. Er hatte aber doch die Nacht hier zugebracht, denn alle Kerzen waren herabgebrannt. Das sah so traurig aus, ich fing stille für mich an zu weinen, indem ich aufräumte und die Fenster nach dem Wald aufmachte, und sah dann eine gute Weile in die Baumwipfel hinein und dachte mein Theil. Ich weiß noch genau, daß ich einen ordentlichen Zorn faßte gegen den verschossenen grünen Hundejungen dort auf der Tapete, der so vergnügt den Mund aufreißt und die Zähne zeigt. Hier mag auch vorgehen was da will, sagte ich bei mir selbst, der Narr da muß dazu lachen. – So verstört hatte mich das Herzeleid, lieber Herr, daß ich dem gewirkten Bilde an der Wand was übel nahm.

Auf einmal höre ich unten auf dem Flügel spielen, es war ganz ungewöhnlich, denn wie gesagt, der Herr Graf stand sonst erst viel später auf. Die ganze Welt ist auf den Kopf gestellt! dacht' ich, machte mich wieder aus dem Zimmer fort und wollte, da ich jetzt sicher war, dem Grafen nicht zu begegnen, erst das ganze Schloß und dann den Wald durchsuchen nach meinem Ernst. Als ich an das Zimmer der seligen Gräfin kam, wo die Gabriele gewohnt hatte, zieht es mich da hinein trotz meinem Widerwillen. Es was mir so unheimlich, als sähe ich die Stätte, wo ein Mord geschehen, und doch hielt es mich fest, dem großen Spiegel gegenüber, und ich starre wie halbnärrisch eine ganze Zeitlang mein eigenes Bild in dem Glase an und spreche mit mir selbst. Und da wir ein schwaches und neugieriges Geschlecht sind seit unserer Aeltermutter Eva, kann ich auf einmal die Lust nicht bezwingen, an dem goldenen Spiegelrahmen herumzutasten, ob ich die Mechanik nicht wiederfände und selbst in den heimlichen Gang hineinschauen möchte. Nur auf einen Blick, dachte ich. Aber wie es mir gelang und die Spiegelthür sacht in ihren Angeln zu kreisen anfing, war schon der eine Fuß, eh ich mich's versah, über der Schwelle, und der andere wollte nicht dahinten bleiben. Also schritt ich mit verhaltenem Athem ein wenig hinein, und richtig, die Thür dreht sich von selbst hinter mir zu. Mir war gar nicht bange. Und wenn ich nie das Tageslicht wiedersähe, dacht' ich, was ist daran gelegen? Ist's denn so schön draußen in der Welt unter den Menschen, von denen einer des andern böser Engel ist? – Dann bemerkte ich auch einen schwachen Lichtstreifen, der durch einen Spalt in den verborgenen Gang fiel, und ging ohne mich zu bedenken vorwärts, fand auch das Treppchen und stieg ganz behutsam hinauf. Zu Häupten, aber sehr gedämpft, konnte ich das Klavierspiel hören, das immer lauter ward, je höher ich stieg. Mein Tage nicht werde ich das wunderliche Gefühl in der Finsterniß und dumpfen Gefangenschaft vergessen, wie die herrliche Musik immer gewaltiger über mich hereindrang. Es war mir, als wäre ich begraben, und tausend Vögel sangen oben über meinem Rasen, und ich könnte sie alle hören und verstehen. Als ich aber die letzte Stufe erstiegen hatte, blieb ich stehen, und es fiel mir nun aufs Herz, wo ich denn hin wollte, und ob ich auch den Ausgang finden würde. Ich wurde plötzlich eiskalt über den ganzen Leib, denn ich sah wohl, daß der Gang, in dem ich stand, gerade auf des Herrn Grafen Kabinet zuführte, wo der Flügel stand. Wenn ich da plötzlich hereinkäme, was sollte er denken? Ich bemerkte aber zugleich, daß ein Lichtstrahl aus dem Kabinet in den Gang hereinbrach, der lockte mich näher heranzuschleichen. Es war hinten in dem Spiegelglas eine schadhafte Stelle, die von außen wie ein schwarzer Fleck aussah und mich oft verdrossen hatte, wenn ich das Glas polirte. Das war, merkte ich jetzt, mit Absicht so angestellt, um von dem verborgenen Gang aus das Zimmer überblicken zu können, damit man wisse, ob es auch leer sei, ehe man die Mechanik in Bewegung setzte und wieder heraustrat. Ich drückte mich ganz geräuschlos an die Wand und spähte hindurch. Da saß Graf

Heinrich in seinem kurzen sammetnen Morgenanzug vor dem Flügel, mit dem Rücken gegen die Spiegelthür, und spielte noch immer, und alle Fenster standen offen. Ich wollte mich gleich wieder wegstehlen, aber das Spiel that es mir förmlich an, daß ich nicht genug kriegen konnte und es mir zugleich in den Sinn kam, wie das erst einem jungen, einsamen Ding, wie die Gabriele war, das Herz hatte abstehlen müssen, da ein so alter Mensch, wie ich, noch so davon verzaubert wurde. Und das kam dem Grafen alles so zu im Spielen selbst, er hatte es von Natur, und es war, als ob er sich selbst mit den Stimmen, die in ihm waren, zur Ruhe spräche, wenn sein heftiger Geist über ihn kommen wollte. Dann hörte man es in der Musik ganz deutlich wie eine Zwiesprach verschiedener Wesen, die trotzig gegen einander eiferten und sich endlich wieder vertrugen.

Was an dem Morgen für ein Sturm in ihm los war, weiß ich nicht zu sagen. Vor Gabrielens Bruder war er unbesorgt, da er ja fest glaubte, sie selbst werde nie von ihm gehen. Auch Graf Ernst konnte ihm keine Sorge machen; denn was wußte er von dessen Gemüth? Aber es mochte wohl eine Ahnung in ihm sein, daß etwas Großes sich entscheiden würde, denn was er spielte, war ganz wunderlich, als hinge ein dickes Gewitter in der Luft, und von ferne hörte man schon den ersten Donner. Mir ward endlich so angst und bange, auch wegen der beklommenen Luft, die mich umgab, daß ich mich aufrichten und hinunterschleichen wollte. Da seh' ich, wie die Thür zu dem Vorsaal sich aufthut und herein tritt mein theurer junger Graf. Sein Vater sah sich im spielen nach ihm um, aber der Sohn machte eine Bewegung, als ob er sagen wollte, daß er sich nicht stören lassen möchte, und setzte sich dann auf einen Lehnsessel, so daß ich ihm gerade ins Gesicht sehen konnte. Es war so etwas Feierliches, Stilles und Großartiges über seinen Zügen verbreitet, niemals war er mir schöner vorgekommen. Keinen Blick that er nach der Spiegelthür, es schmerzte ihn offenbar, sie im Zimmer zu wissen. Er war sehr bleich und starrte mit einer seltsamen Heiterkeit, die mich zittern machte, vor sich nieder auf die parkettirten Muster des Fußbodens. Und während seine Augen unbeweglich blieben, sah ich doch, wie es immer feuchter darin wurde und jetzt zwei blinkende Thränen still unter den Wimpern hervorkamen, indeß der Mund noch ganz sanft und friedlich blieb. Ich merkt' es wohl, die Musik griff ihn hart an. Der Vater aber ahnte es nicht, sondern spielte noch eine Zeitlang fort, bis er endlich mit einem prachtvollen Zusammenklang aller Stimmen schloß und dann aufstand und einen Gang durchs Zimmer machte. Er sah den Sohn gar nicht an, was er überhaupt nicht häufig that, war aber sonst ganz freundlich aufgelegt und nahm ein neues Jagdgewehr vom Tisch, um es ihm zu zeigen.

Du kommst gerade recht, sagte er. Ich hatte eben nach dir schicken wollen, ob du mit mir in den Forst reiten magst. Pierre hat die Büchse gestern eingeschossen und behauptet, sie sei noch vorzüglicher als meine englische. Ist er etwa von selber schon bei dir gewesen?

Nein, lieber Vater, sagte der junge Graf, der nun auch aufgestanden war. Aber es thut mir leid, daß ich Sie nicht begleiten kann. Ich habe mich nun doch über Nacht entschlossen, nach Stockholm zu gehen. Sie haben Recht, es wäre viel zu früh, mich hier im Walde zu vergraben, da ich noch gar nicht erprobt habe, ob man mich draußen in der Welt zu etwas brauchen kann. Meine Koffer sind gepackt, und ich komme eigentlich, um Abschied von Ihnen zu nehmen, falls Ihnen mein Vorhaben noch so recht und erwünscht ist, wie Sie mir so oft versichert haben.

Sein Gesicht, als er das sagte, war ganz heiter und gelassen. Mir aber ward sehr weh zu Muthe, als ich ihn so reden hörte; ich verstand jede Silbe durch die Spiegelwand und hielt den Athem an, denn ich meinte, man könnte auch drinnen hören, wie mein Herz klopfte. Darum wagte ich nicht fortzugehen und mußte nun auch alles Andere mitanhören. So bald sollte ich ihn wieder verlieren, und wer weiß, ob ich ihn je wiedersah; denn weshalb er fort wollte, wußte ich ja nur zu gut, und kannte ihn genug, daß ich mir sagen mußte: Er will das Mädchen nie wiedersehen. Aber die war ja schon fortgegangen, und was sollte nun werden, wenn das an den Tag kam? Meine fünf Sinne waren wie betäubt, als ich mir das auszudenken versuchte. Dann horchte ich wieder, was sie drinnen miteinander sprachen. Ich kann es Ihnen nicht haarklein wiederholen, es war aber sehr schön, ihn zu hören, wie er dem Vater Alles auseinandersetzte, warum der Posten gerade jetzt wichtig sei und wie er die Staatshändel und was er dabei zu schaffen haben würde bis ins Kleinste übersah. Während dem ging der alte Graf ruhig auf und ab und sagte kein Wort. Endlich blieb er vor dem Sohn stehen, gab ihm die Hand und sagte: Es ist Alles, wie du sagst, und ich kann deinen Entschluß nur gutheißen. Du bringst jetzt meinen Wünschen ein Opfer, denn im Grunde bist du kein homme d'action, sondern hast etwas von einem deutschen Gelehrten. Aber die Verhältnisse werden dir den Schulstaub bald abschütteln, und dann wirst du mir Recht geben, daß es heilsam für dich war. Wann willst du reisen?

Noch in dieser Stunde, sagte der Sohn. Wenn es Ihnen recht ist, nehme ich Pierre bis zur Eisenbahn mit und reite die Fatme. Er bringt die Pferde dann am Abend zurück; meine Sachen können mir nachgeschickt werden.

Der Graf nickte, und dann schwiegen sie beide eine Weile. Ich sah es meinem Ernst am Gesicht an, er hatte noch etwas Schweres auf dem Herzen. Endlich sagte er:

Und Sie, lieber Vater? Was haben Sie über die nächste Zeit beschlossen? Denken Sie auch den kommenden Winter hier im Schloß zuzubringen?

Ich habe es halb und halb vor, sagte der Graf. Ich meine, ich hätte mich nun ausgestürmt, und die Ruhe im Hafen wäre mir zur Abwechslung zu gönnen.

Es ist doch gar einsam hier, sagte der Sohn darauf; und unsere Nachbarn können Ihnen wenig Unterhaltung bieten. Lachen Sie mich nicht aus, wenn ich mir eine wunderliche Frage erlaube: Haben Sie niemals daran gedacht, sich wieder zu verheirathen?

Ich hörte den Grafen hell auflachen. Nun wahrhaftig, sagte er, du thust seltsame Gewissensfragen. Du möchtest wohl gar ein gutes Werk stiften, eh du gehst, und mich versorgen? Gieb es auf, mein Sohn! Eine zweite Ehe ist eine zweite Thorheit und wenn Alter nicht vor Thorheit schützt, sollte wenigstens Jugend nicht den Versucher machen.

Sie scherzen, mein Vater, erwiederte Graf Ernst. Ich habe Sie jünger wiedergefunden, als ich Sie vor Jahren verließ. Wenn Sie wirklich entschlossen sind, hier zu bleiben, denken Sie nur, wie gut dem alten Schloß eine junge Herrin anstünde, die Sie davor bewahrte, vor der Zeit alt zu werden, und wenn die Jahre endlich doch Ernst machten, Ihnen die Ruhe im Hafen verschönerte. Ich weiß Sie freilich für alle Fälle in den besten Händen, sagte er; unsere Flor ist die Treue in Person. Aber Sie bedürfen doch noch etwas Anderes, und da ich kaum weiß, wann ich Sie wiedersehen werde –

Da stockte er, und ich sah wohl, es wurde ihm schwer, seine Bewegung zu verbergen. Der Graf aber blickte ihn plötzlich forschend an und sagte nach einer Pause trocken: Lassen wir das! Es ist nun einmal, wie es ist. Wenn ich mir auch die Langeweile auf andere Art vertreibe, als du thun würdest, so ganz verwahrlosen werde ich hier nicht. Es ist noch mancher Fuchs zu schießen, bis meine Hand zu schwach ist, einen Büchsenhahn zu spannen, und am Ende aller Enden setze ich mich hin und schreibe meine Memoiren, zum Exempel für das heutige wohlerzogene Geschlecht, wie man es *nicht* zu machen habe.

Er erwartete offenbar, daß der Sohn sich nun verabschieden würde. Mein Ernst aber stand unbeweglich und hatte die Augen still auf den Vater gerichtet. Den schien der Blick zu beunruhigen, und er fragte in einem halb spöttischen, halb unmutigen Ton: Nun? Ist dir diese Perspective nicht tröstlich genug? Ich glaube wahrhaftig, du hast irgend eine Partie für mich fix und fertig und willst mir an meiner eigenen Person beweisen, daß du größere Anlagen zur Diplomatie besitzest, als ich dir bisher zugetraut. Wer ist denn die junge Dame, die du mir ausgesucht hast? Ich fange wahrhaftig an neugierig zu werden. Ist es die junge F* mit ihrer reichen Mitgift an Sommersprossen und den Madonnen-Augen, oder die Comtesse C* mit ihrem freiwilligen Hinken und dem gezwungenen Lachen, mit dem sie Gott und der Welt, die es doch besser wissen, einreden will, sie sei immer noch sechzehn Jahr, oder gar – –

Und so fuhr er fort, alle Fräuleins aus der Nachbarschaft der Reihe nach mit ein paar lächerlichen Strichen abzukonterfeien, ohne daß der Sohn seine ernsthafte Miene veränderte. Erst als der Vater fertig war, sagte er: Sie sind auf falscher Fährte, lieber Vater. Von keiner Weltdame ist die Rede, und keine von unsern Nachbarinnen möchte ich hier als Herrin einziehen sehn. Das Glück, das ich Ihnen wünsche, liegt viel näher. Haben Sie es denn gar nicht bemerkt, daß das junge Fräulein, das hier im Schloß der alten Flor in ihrem Hausregiment an die Hand geht, mit einer Leidenschaft an Ihnen hängt, die sie wohl kaum mehr vor sich selbst verbergen kann.

Der Graf blieb plötzlich wie eingewurzelt stehen, und ich sah, wie seine Stirn sich finster zusammenzog. Aber er wußte sich gut zu beherrschen und nach einer kurzen Weile schlug er eine Lache auf, die ihm nicht von Herzen kam, und erwiederte: Mamsell Gabriele? Mort de ma vie, mein Sohn, das wäre in der That ein Triumph der neuen Schule über die alte, wenn du in drei Wochen mehr gesehen hättest, als ich in zwei Jahren.

Wenn ich ehrlich sein soll, sagte Graf Ernst, und seine Stimme war bewegt, so hab' ich die Entdeckung erst gestern gemacht oder doch erst gestern Gewißheit erhalten. Ich habe den Kampf mitangesehn, den das arme Mädchen mit sich selber zu kämpfen hatte, als der Bruder darauf drang, daß sie mit ihm fortgehn solle. Es würde ihr ans Leben gehn, sich von Ihnen zu trennen.

Thorheit! unterbrach ihn der Vater und warf sich mit einer künstlichen Gleichgültigkeit in einen Sessel. Der Bruder ist ein starrköpfiger Narr. Daß er so hitzig hier hergestürmt kam, als stünde wunder was auf dem Spiel, das hat sie erschreckt und außer sich gebracht. Du täuschest dich gewaltig. Uebrigens wer spricht davon, daß sie gehen soll? Sie ist mündig und wird thun, was ihr beliebt, und ich werde sie in ihrer Freiheit zu schützen wissen.

Wieder eine Pause. Darauf sagte der Sohn: Wenn nur nicht gerade dieser Schutz ihr so gefährlich wäre! Ich will es nur gestehn, ich bin gestern noch spät drüben in der Stadt gewesen und habe den Bruder aufgesucht. Er hat mir erzählt, wie ritterlich Sie sich seiner Schwester gegen einen Zudringlichen angenommen haben und was darüber gesprochen worden ist. Wenn Sie nicht wünschen, daß Ihr Schützling seinen unbescholtenen Namen für immer aufopfern soll, so ist es freilich die höchste Zeit, das Mädchen aus Ihrem Schutz zu entlassen, oder ihr einen *anderen* Namen zu geben, der sie in Wahrheit vor jeder Anklage sichert. Theuerster Vater, fuhr er fort, da der Graf vor sich hin sah und die Lippe nagte, zürnen Sie mir nicht, daß ich unberufen mich in Ihre Entschlüsse und Pläne eindränge. Es liegt mir am Herzen, Ihnen das beste Glück zu sichern, das schon so lange, ohne daß Sie es ergreifen wollten, neben Ihnen stand. Ich weiß nicht, wie Sie über das Fräulein denken, ob es Ihnen gleichgültig wäre, wenn sie mit ihrem heimlichen Kummer und dem heißen Gefühl für Sie fortginge in die ungewisse Welt. Aber wenn Sie nur einen Funken von Neigung zu ihr fühlen sollten, halten Sie das schöne, liebenswürdige Wesen für immer hier fest, Sie werden sicherlich diesen Entschluß, den Sie so plötzlich fassen, keine Stunde zu bereuen haben.

Ich hing während dieser Worte an seinem Gesicht und sah, wie es sich immer dunkler röthete und ihm die Augen feucht schimmerten. Er war vor den Vater hingetreten und faßte eine von dessen Händen, die auf den Armlehnen des Fauteuils ruhten. Wundersamer Mensch, sagte der Vater, ich glaube gar, du willst mich überrumpeln, ich soll die Augen zudrücken und mit gleichen Füßen in das Abenteuer hineinspringen, wie ich wohl sonst meine Thorheiten beging. Was hast du nur an dem Mädchen, daß du ihr so lebhaft das Wort redest? Wenn ich es mir recht überlege, so ist dein Vorschlag nicht so kurzweg zu verachten. Ich brauche mir nur vorzustellen, wie sich meine hochgeborenen Nachbarn ärgern werden, wenn es heißt, Graf Heinrich hat seine Haushälterin geheiratet, um gleich Anstalten zur Verlobung zu machen. Aber ich muß mir den Spaß dennoch versagen. Nicht daß ich Einwendungen gegen deinen Geschmack zu machen hätte. Sie ist überdies aus einer guten Familie und hat einen Takt, um den manche Gräfin sie beneiden könnte. Und dennoch ist es nichts damit, laß es genug sein, Ernst! Ja doch, ich will mit dem Bruder reden, es wird sich Alles nach Wunsch machen lassen, laß mich nur eine Stunde allein! – Nun? fuhr er fort, als der Sohn seine Hand noch immer nicht los ließ. Bist du noch nicht zufrieden gestellt, daß ich deinen Projecten so viel Ehre erwies, sie einen Augenblick ganz annehmlich zu finden? Noch einmal, laß es genug sein! Ich erkenne aus dem allen dein gutes Herz, das mir alles Gute gönnt. Aber das Herz ist ein leichtsinniger Narr und kommt immer erst zur Besinnung, wenn es zu spät ist.

Und so Reden führte er noch mehr, sah aber dabei den Sohn nicht an, stand auf, trat an den Flügel, schlug ein paar Accorde an und ging dann an das Fenster, das er rasch zumachte. Sie verschweigen mir etwas, sagte der Sohn, Sie sind bewegt; es ist meiner Bitte etwas im Wege, das Sie mir nicht vertrauen mögen. Ich weiß, wie Sie von Standesunterschieden denken. Das also kann es nicht sein. Und was ist es sonst? Denn daß Ihnen das Fräulein nicht gleichgültig ist, hat Ihre Bewegung mir verrathen.

Er wartete vergebens auf eine Antwort. Ich weiß es, sagte er endlich mit einer tiefen Traurigkeit, ich habe den Weg zu Ihrem Vertrauen nie gefunden, so ernstlich ich ihn gesucht habe. Es hat mich nie mehr geschmerzt, als heut. Aber ich vergesse: dieses ganze Gespräch dauert Ihnen schon zu lange. Sie finden es lächerlich, daß der Sohn sich eine Herzensangelegenheit daraus macht, seinen Vater glücklich zu sehen. Ich habe um Verzeihung zu bitten, und zugleich Ihnen Lebewohl zu sagen.

Da wandte sich der Graf am Fenster um, maß seinen Sohn von oben bis unten mit einem durchdringenden Blick und sagte: Gehe in die Welt, mein Sohn, und laß dir die scharfe Luft auf den sogenannten Höhen der Menschheit um die Brust wehen, so wird sich mit anderen überspannten Vorurtheilen auch diese Wallung deines wunderlichen Herzens abkühlen. Und dann wirst du es mir Dank wissen, daß ich heute nicht einwillige, dir noch eine junge Stiefmutter und vielleicht Geschwister zu geben. Wir sind nicht so reich, daß du dich in der Gesellschaft, wo dein Platz ist, frei bewegen und eine ansehnliche Figur spielen könntest, wenn du mit der Wittwe deines Vaters und vollends etwa mit Stiefgeschwistern dein Erbe theilen müßtest, oder nur auf dein mütterliches Vermögen angewiesen wärst. Die ich aber zur Gräfin gemacht hätte, die würde ich, wenn ich die Augen schlösse, nicht als eine Bettlerin zurücklassen. Habe ich mich nun deutlich gemacht, und verstehen wir uns jetzt?

Ja, mein Vater, sagte der junge Graf mit langsamer, bebender Stimme. Er stand einen Augenblick wie abwesend, dann trat er ruhig an den Tisch, wo neben anderen Dingen auch ein Schreibzeug stand, nahm einen Bogen Briefpapier aus der Mappe des Vaters und schrieb stehend einige Zeilen. Er schien eben fertig zu sein, als der alte Graf zu ihm herantrat. Was in aller Welt kommt dir plötzlich in den Sinn? rief der Vater. Ich glaube gar, du führst eine Komödienscene auf. Ich will nicht hoffen –

Lieber Vater, sagte der Sohn, indem er das fertige Blatt mitten auf den Tisch schob, thun Sie nichts Hastiges. Lesen Sie, was ich da geschrieben habe, und wenn Sie mir eine große Freude mit auf den Weg geben wollen, so setzen Sie Ihren Namen zur Bekräftigung unter den meinigen. Ich habe mir manchmal eingebildet, ich stände Ihnen fern wie ein Fremder, unsere Denkart geht so vielfach auseinander, in den Jahren, wo Söhne ihren Vätern zu Freunden heranwachsen, habe ich schwer empfunden, wie wenig ich Ihnen sein konnte. Sie haben mir eben einen großen Beweis Ihrer väterlichen Liebe gegeben. Wenn Sie diese Wohlthat wieder vernichten und mir sagen wollen, daß ich so wenig verstehe, was zu Ihrem Glücke dient, wie meine theure Mutter es verstanden hat, so zerreißen Sie dieses Blatt!

Der Graf nahm es vom Tisch, ich sah, wie es in seiner Hand zitterte. Ernst, sagte er, das ist unmöglich. Ein Verzicht auf dein väterliches Schloß zu Gunsten meiner zweiten Gemahlin und ihrer Erben – nimmermehr!

Das Blatt fiel auf den Tisch, die Beiden standen neben einander, ein paar Minuten lang regte sich kein Stäubchen in dem sonnigen Zimmer. Auf einmal kamen Schritte durch den Vorsaal heran, Pierre, der Kammerdiener, trat eilig herein.

Monsieur le Comte, sagte er, wissen Ew. Gnaden bereits, daß Mamsell Gabriele vermißt wird, daß sie der Forstgehülfe heute vor Tag auf dem Wege nach der Stadt getroffen hat, daß auch Mamsell Flor im ganzen Schloß vergebens gesucht wird?

Die Kalesche anspannen, sogleich! befahl der Graf und machte eine heftige Bewegung nach seinem Hut, der auf einem Sessel lag. Halt! rief er dem Diener nach, der schon wieder in der Thür war, auch mein Pferd satteln und vorführen, allons!

Wenn es Ihnen recht ist Vater, begleite ich Sie, sagte Graf Ernst. Sie wissen, daß ich ohnehin reisefertig war.

Er wollte dem Diener nacheilen, da hielt ihn der Vater zurück, sah ihm lange stillschweigend ins Gesicht, dann zog er ihn plötzlich in seine Arme, und sie standen eine geraume Zeit Brust an Brust. Ich aber sah nichts mehr von ihnen, die Augen gingen mir so gewaltig über, daß Alles davor verschwamm, und als ich sie mühsam wieder getrocknet hatte, war das Cabinet leer, und nur das Blatt auf dem Tisch konnt ich sehen, das mir sagte, das alles sei kein Traum gewesen.

Mit welchem Herzen ich das dunkle Wendeltreppchen wieder hinuntertappte, können Sie sich vorstellen, lieber Herr. Als ich dann mit meinen bebenden Händen glücklich wieder die Thür unten geöffnet hatte und ans Tageslicht heraustrat, war mir, wie wenn ich in eine ganz neue Welt käme. Ich hörte Hufschlag unten im Hof und sah vom Fenster aus Vater und Sohn über die Schloßbrücke sprengen, und der leichte Wagen, der unsere Gabriele zurückbringen sollte, fuhr lustig in der schönen Morgensonne hinterdrein.

Ach, lieber Herr, es war wohl hübsch anzusehen, wie das arme Kind, das vor Tage mutterseelenallein zum Grabenpförtchen hinausgeflohen war, nun am hellen Mittag über die große Schloßbrücke zurückkam, bequem zu Wagen und der Graf ritt auf dem stolzen Thiere nebenher und schwang sich dann aus dem Sattel, um ihr selbst den Wagenschlag aufzumachen und ihr den Arm zu reichen. Und es war noch viel schöner acht Tage darauf, als oben im Saal die Trauung war und dann das Hochzeitsmahl unten in der Halle, und am Herrentisch saß Graf Heinrich und seine schöne junge Gräfin mit ihrem Bruder, und wir Andern alle an bekränzten Tischen bei einer Unzahl Fackeln speisten mit, und auf der Galerie bliesen die Musiker aus der Stadt, und hernach gab es Tanz bis lange nach Mitternacht, und die junge Gräfin tanzte mit Jedem, vom Verwalter bis zum Forstgehülfen, daß man noch lange davon sprach in der ganzen Nachbarschaft. Mir aber fehlte bei Allem das Beste, und ich ward keine Minute so recht von Herzen froh. Denn mein theurer Ernst war an jenem Mittag nicht mit zurückgekommen, ich hatte nicht einmal Abschied von ihm nehmen können, und während der Hochzeitsmusik mußt' ich immer daran denken, daß er jetzt wohl auf dem Schiffe sitze, nach Schweden zu, und in der kalten Nacht nur das salzige Wasser um den Kiel rauschen und den Wind sausen höre.

Uebrigens blieb nach der Hochzeit so ziemlich Alles im Schloß wie vorher, nur daß wir »gnädige Gräfin« sagten, statt »Mamsell Gabriele«, und daß das gräfliche Paar täglich mit einander spazieren ritt, und wir auch manche Stunde lang den Grafen spielen hörten, während seine schöne Frau dazu sang. Besuch aus der Nachbarschaft kam nicht, denn die Visiten, welche unsere Herrschaft auf den Gütern in der Umgegend machte, blieben unerwiedert. Dazu lachte unser Graf nur, und es schien überhaupt, als ob ihm sein Humor gar nicht mehr zu verderben sei. Kam etwas vor unter der Dienerschaft, oder es wurde in den Ställen etwas versehen, wo man sich sonst kaum getraut hatte, es ihm zu melden, so brauchte man es jetzt nur der Gräfin zu sagen, die verstand Alles auszugleichen und hatte Gewalt über seine Zorngeister. Nur Einmal hab' ich es erlebt, daß all ihre Bitten vergebens waren. Das war, als bald nach Neujahr – wir hatten hohen Schnee und viele Tage saßen wir wie eingemauert im Walde – eine Einladung kam an den Grafen zum Hofball des Herrn Herzogs, auf dem immer der ganze Adel erschien und auch unser Graf im vorigen Winter nicht gefehlt hatte, obwohl er schlecht in Gnaden stand. Es war ein reitender Lakai gekommen und hatte die schriftliche Einladung überbracht. Die Herrschaft saß gerade unten bei Tisch, und ich sehe noch, wie der Graf den Teller wegschiebt und aufsteht. Der Affront! sagt er, als ihn seine Frau besorgt zurückhalten will. Sie haben dich nicht mit eingeladen. Aber du sollst ihnen dennoch die Ehre erweisen! – Und damit läßt er, trotz alles Abredens und Bittens der Gräfin den Lakaien hereinkommen, und trägt ihm auf zu melden, daß er sowohl wie seine Gemahlin der Einladung folgen würden. – Hernach war er ganz besonders gut aufgeräumt, ließ die Gräfin stehen und bitten so viel sie wollte, und sagte unter Anderm, indem er sie auf die Stirn küßte: Fürchte nichts, Kind. Es ist nur das eine Mal, daß ich Gnade vor Recht ergehen lasse, um ihnen fühlbar zu machen, wie wenig sie dir ebenbürtig sind. Du darfst mir diese Freude nicht verderben. Und so kam es denn richtig dazu, daß ich meine Gabriele, – die gnädige Gräfin, sollt' ich sagen, – zum Hofball anziehen half. Sie trug eine Robe von weißem Moirée und einen Kranz von rothen Rosen mit goldenen Blättern im Haar und sah aus wie eine Königin. Comme une reine, sagte Monsieur Pierre, der zu Pferde mit einer Windlaterne dem Schlitten vorantrabte. Und welch eine Anmuth hatte sie, als sie mir aus ihrem Pelz und Schleier heraus noch zum Abschied zunickte, während der Herr Graf, der selbst kutschierte, schon die Peitsche knallen ließ. Ich war selber ganz verliebt in sie und saß die langen Nachtstunden wach am Kamin, nur um sie zu empfangen, wenn sie vom Ball zurückkäme. Was mir da alles durch den Kopf ging, lieber Herr, damit will ich Sie nicht langweilen. Ich schlief auch selber darüber ein, und erst das Schellengeläut des Schlittengespanns weckte mich gegen den frühen Morgen. Als ich an die Treppe gelaufen kam, führte der Graf seine Gemahlin eben herauf, sie sahen Beide gar nicht müde aus, sondern glänzend und glücklich und wie wenn etwas ganz Besonderes vorgefallen wäre. Als er ihr Gutenacht sagte, schloß er sie, ohne auf mich und die Dienerschaft zu achten, herzlich in die Arme und hielt sie so einen Augenblick, als hätte er die ganze Welt umher vergessen. Ich sah, wie sehr sie bewegt war, und folgte ihr ganz nachdenklich in ihre Zimmer, um sie zu Bett zu bringen. Kaum waren wir allein, so fiel sie mir mit Tränen um den Hals, denn sie war noch immer zu mir, wie zu einer Mutter, und da erfuhr ich Alles. Es habe ein großes Aufsehen gemacht, als sie später als die Anderen auf dem Ball erschienen, und die Herzogin, die eine sehr hochgeborene Nase hatte, habe, da der Graf ihr seine Frau vorstellte, kein Wort zu ihr gesprochen. Der junge Herzog sei aber desto charmanter gewesen, habe den Ball mit ihr eröffnet und sie beständig vor allen anderen Damen ausgezeichnet. Sie selbst sei auch bald ganz unbefangen geworden, und ich konnte aus ihren wenigen Worten wohl merken, daß sie die Königin des Balls gewesen war. Plötzlich aber habe sie jenen englischen Lord an einem der Spieltische erkannt und einen heftigen Schrecken gehabt. Aber wie sie ihren Gemahl so heiter und ruhig gesehen, sei ihr die Besonnenheit wiedergekommen. Der Graf habe sie nach dem Tanz in ein Nebenzimmer geführt, um sich zu erfrischen, und diesen und jenen Herrn ihr vorgestellt. Unversehens sei der Engländer mit einigen Damen auch in das Zimmer getreten, habe sie durch seine Lorgnette scharf betrachtet und dann ganz laut gesagt: Für ein Kammermädchen hat sie ziemlich viel Tournüre. Darauf sei es ganz still geworden, der Graf habe die Farbe gewechselt, aber gleich darauf mit gelassenem Ton zu ihr gesagt: Sieh einmal, Gabriele, findest du nicht auch eine auffallende Aehnlichkeit zwischen dem Herrn, der da eben hereingetreten, und jenem ungeschliffenen Menschen, der sich damals so ungezogen gegen dich betrug, und dafür mit meiner Reitpeitsche und hernach mit meinen Pistolen Bekanntschaft machte? Es wäre an der Peitsche genug gewesen; denn wie Alle wissen, die ihn näher kennen, war er keinen Schuß Pulver werth. – Sie können denken, wie der armen Gräfin bei diesen Worten zu Muthe war. Es blieb aber vorläufig dabei, denn in demselben Augenblick kam der Herzog seiner Tänzerin in das Nebenzimmer nach und war die Liebenswürdigkeit selbst zu ihr. Da mag manches hochadlige Fräuleinsgesicht gelb vor Neid geworden sein. Als aber das Fest zu Ende war und unsere Herrschaften sich verabschiedet hatten, um die Heimfahrt anzutreten, sei der englische Lord unverschämt auf der Treppe ihnen nachgegangen, und habe dem Grafen leise ein Wort ins Ohr gesagt. Da stand der Graf still und erwiederte so laut, daß es Viele von den Lakaien und auch einige Herren vom Hofe hören konnten: Suchen Sie einen andern Partner zu einem solchen Spiel, mon cher. Ich habe inzwischen einen Schatz gefunden, den ich nicht auf eine Karte setzen mag, selbst wenn ich genau wüßte, daß man mich nicht mit *falschen* Karten bedient, wie es im Sportsclub zu London gewissen Leuten nachgesagt wird. Wenn Sie damit nicht zufrieden sein sollten – so steht meine Reitpeitsche nach wie vor zu Diensten. – Damit habe er den Menschen stehen lassen und Gabrielen im Nachhausefahren gesagt: Das ist hoffentlich das Letzte von meiner Vergangenheit, was mir mein Glück einen Augenblick stören wollte. Nun bist du allein meine Gegenwart und Zukunft. Und mehr so herzliche Sachen, die sie mitten im Schneegestöber und Winternacht wärmer hielten, als all ihr Pelzwerk. Von da an lebten sie ganz für sich, schlugen auch alle Einladungen zu Hofe regelmäßig ab, und nur dann und wann machten sie kleine Reisen; es war aber leicht zu merken, daß ihnen nirgends wohler war, als in unserm einsamen Wald. Die Gräfin blieb sich immer gleich zu mir und sagte mir Alles. Nur daß wir nie ein Wort mehr über unser Gespräch an jenem bangen Morgen, als sie fort wollte, mit einander tauschten. Ich habe auch nicht von ihr erfahren, ob sie dem Grafen den wahren Grund gestanden hat. Aber wahrscheinlich ist es mir doch; denn sie hatte keine Geheimnisse vor ihm, und der Graf hatte jetzt auch einen ganz eigen herzlichen Ausdruck, so oft er von seinem Sohne sprach. Und das geschah häufig, und jedesmal so oft ein Brief aus Schweden gekommen war. Dann wurde ich zum Grafen hinaufgerufen, und er erzählte mir von meinem theuren Liebling und bestellte die Grüße an mich. Ein paar Mal im Jahr schrieb mein Ernst mir selbst, so gut und zutraulich wie immer, aber keine Silbe von dem, was mir das Wichtigste war, wie es in seinem Gemüth aussah. Und endlich nach zwei Jahren zeigte er dem Vater an, daß er sich mit einer vornehmen jungen Dame aus Stockholm zu vermählen gedenke, und bat um des Vaters Einwilligung. Mir aber schrieb er, ich würde ihm meinen mütterlichen Segen wohl auch nicht versagen, seine Braut sei gerade, als hätte ich sie eigens für ihn ausgesucht, und schickte mir später ihr Bild, ein wahres Engelsgesicht an Unschuld und Güte. Eh' ich das Bild sah, konnte ich den Gedanken nicht los werden, er habe sich zu dieser Verbindung nur entschlossen, um den letzten Strich unter sein Schicksal zu machen und den Vater vollends zu beruhigen.

Aber diese großen, strahlenden Kinderaugen mußten wohl den Weg zu seinem Herzen gefunden haben. Und dann die Berichte von der Hochzeit und einer schönen Reise ins Hochland, und denken Sie nur, die junge Gräfin hatte Zeit und Gedanken übrig, selbst an die alte Flor zu schreiben und mir zu danken, daß ich ihren lieben Gemahl so treulich von Kind an gepflegt hätte. Von einem Besuch in Deutschland war leider keine Rede, vollends nicht, als im Jahr darauf Zwillinge zur Welt kamen, worüber hier im Schloß bei den Großeltern große Freude war. Nun sprach der Graf selbst davon, daß sie nach Schweden reisen und mich mitnehmen wollten, und Sie können denken, wie mir mein alter Kindskopf schwindelte, als ich von Reisen reden hörte, und von solch einem Wiedersehen.

Aber wir sind nicht Herr über unsere Tage. Mancher unnütze Invalide muß noch für den lieben Gott Schildwache stehen und ruhig warten, bis er abgelöst wird, und Andere, an denen das Glück von Vielen hängt, kommen um sich, sie wissen nicht, wie. Eines Tages wurde Graf Heinrich auf einer Bahre ins Schloß gebracht, ohnmächtig und schon für todt. Er war mit dem Pferde gestürzt und hatte sich eine innerliche Verletzung zugezogen, aus der kein Arzt klug werden konnte. Er kam auch wieder zu sich, aber es dämmerte nur noch so ein Funken von Verstand und Erinnerung in ihm. Die Gräfin erkannte er und mich, sonst Niemand. Der Pierre durfte ihm nicht nahe kommen; den hielt er für eine Ratte und rief immer: Stellt eine Falle ans Bett, sie zernagt mir sonst mein Galakleid. Seht das Loch, das sie schon hineingebissen hat! – dann rief er nach seinem Sohn, und so beweglich, daß ich es nicht ohne zu Weinen hören konnte. Die Gräfin hatte sogleich an ihn geschrieben, wie es um den Vater stehe, und ich hatte nur eine Angst, daß er zu spät kommen würde. Lassen Sie mich schweigen von den Tagen und Nächten, die wir damals überstanden, und von dem herzbewegenden Anblick der Gräfin, die keine Klage hören ließ und uns alle aufrecht hielt. Und am zwölften Tage kam der junge Graf. Wir hatten ihn kaum so bald erwartet, und erschraken fast, da er ins Krankenzimmer eintrat. Der Graf aber erwachte aus seiner Starrsucht, als er die Thür gehen hörte, richtete sich auf und schrie mit einer Stimme, die ich ewig hören werde: Ernst! mein Sohn! – Dann brach er in Thränen aus, daß es war, als wolle sein Geist sich völlig auflösen durch die Augen, und darauf wurde er ganz wunderbar heiter und still und verständig und hielt immer die Hand seines Sohnes und fing zusammenhängend an zu sprechen, daß wir einen Augenblick dachten, das Schwerste sei vorbei und die Krisis zur Besserung eingetreten. Das dauerte aber keine zehn Minuten, da wurden seine Augen wie überflort. Er sah nur noch die Gräfin an und sagte: Ernst wird für dich sorgen! – Dann wollte er auch dem Sohn noch etwas sagen, aber er sank zurück und war hinüber.

Sie müssen mir verzeihen, wenn ich Ihnen Alles so umständlich erzähle, ich will auch nur ganz kurz sagen, wie es zu Ende ging; leider kam das Ende ja auch so bald. Denn am Tag nach dem Begräbniß reiste der junge Graf wieder ab, nachdem er die Gräfin, die nirgends anders als hier zu leben wünschte, als die Besitzerin von Schloß und Wald noch einmal durch Urkunde und Schenkung bestätigt hatte, weil ein Testament sich nicht vorfand. Graf Heinrich wußte wohl, daß er nur zu sagen brauchte: Ernst wird für dich sorgen! und dann ruhig die Augen schließen konnte. – Sobald Sie meiner bedürfen, Frau Mutter, sagte mein theurer Ernst, verfügen Sie über mich in jeder Weise. Und wenn es Ihnen zu einsam in dieser Umgebung wird – so wissen Sie, daß meine Frau Sie mit offnen Armen erwartet.

Sie reichte ihm mit einem stillen, herzlichen Gesicht die Hand, die er ehrfurchtsvoll ergriff. Sie sind wohl aufgehoben, sagte er mit leiserer Stimme. Ich lasse Ihnen meine treue Flor; ich bitte nur, daß Sie sie uns mitbringen, wenn Sie selber kommen.

Das konnte ich nicht mit trockenen Augen aushalten, zog die Schürze vors Gesicht und lief hinaus. Aber da hielt er mich draußen auf dem Corridor fest, umarmte mich ganz stürmisch, und ich fühlte, wie sein Herz schluchzte und die heißen Tropfen, die er weinte, mir meine grauen Haare netzten.

Mein Kind, mein Ernst, mein theuerster Graf! sagte ich zu ihm, Gott segne Sie, daß Sie gekommen sind! Ja, er hat Ihnen Ihre Treue und Kindesliebe schon gelohnt, er hat Ihren Vater nicht eher zu sich genommen, als bis sie aus seinem sterbenden Munde hören konnten, daß er wußte, was für einen Sohn er zurückließ. Gehen Sie mit Gott, und grüßen Sie die Frau Gräfin und die herzigen Kinder von der alten Flor, die nur den Einen Wunsch hat, alle Welt möchte Ihr

Herz kennen, wie sie es kennt. Dann würde alle Welt Ihnen die Hände unter die Füße legen.

Dann machte er sich von mir los und bestellte sich die Pferde auf die Höhe des Wegs droben im Wald. Er selbst ging zu Fuß voran, und ich habe von unsern Leuten gehört, daß er lange durch den Forst gewandert ist zu allen Stellen, die er lieb hatte und nun zum letzten Mal sehen wollte. Denn wohl schon damals hatte er bei sich beschlossen, niemals wiederzukehren; hier konnte er doch einmal nicht mehr froh sein. Und so wußte ich, ich hatte den letzten Abschied von ihm genommen, und hätte mich noch heftiger darüber gehärmt, wenn ich nicht von dem Tage an genug zu thun gehabt hätte mit meiner Gräfin. Die schwand mir nur so sichtbar dahin, blaß und ruhig und ohne Klage; aber es zog sie ordentlich mit Händen ihrem Gemahl nach, so stark beherrschte sie der stolze Mann noch im Grabe. Als ich meinem Ernst die traurige Nachricht schrieb – es ist noch kein Jahr seitdem vergangen – antwortete er sogleich, daß ich nun auf jeden Fall zu ihnen kommen müsse, und die junge Gräfin bat mich, wie man nur bitten kann, in einem schönen langen Brief. Mein Ernst hatte den Abschied von der Gesandtschaft genommen, und sie leben auf einem prachtvollen Gut nah an Gebirg und Meer, wo es gar schön sein mag. Ich würde selbst kommen, dich zu holen, schrieb er mir, aber ich bin ein zu gewissenhafter Landwirth und Hausvater, um mitten in der Erntezeit wegzugehn. – Den wahren Grund verschwieg er. Und ich, von dem allen ganz weich gemacht, packe auch wirklich mein bischen Habe zusammen, übergebe das Schloß, wie es Ernst gewünscht hatte, dem Verwalter – denn der Bruder der Gräfin Gabriele hatte das Erbe seiner Schwester nicht antreten wollen, er hatte auch seinen Stolz für sich – und so will ich eines schönen Morgens wirklich wegfahren. Aber als ich oben im Hohlweg an die Stelle komme, wo man noch eben die Schornsteine über den Bäumen im Grunde auftauchen sieht, wird mir angst und bange ums Herz, ich springe aus dem Wagen und renne wie vom bösen Feind gejagt ohne anzuhalten den Weg wieder zurück, und es war mir, als ich wieder in den Hof kam, als wäre ich hundert Jahre weg gewesen.

Ach, lieber Herr, ein so morscher alter Baum soll sich nicht in andere Erde versetzen lassen, sondern stille halten, bis die Axt auch an ihn kommt. Und wenn ich auch den Rest meines Lebens gern darum gäbe, die holden Kleinen, die Kinder meines Ernst, nur Einmal auf den Arm nehmen und herzen zu können, – ich schleppte mich nicht hin. Sie müßten mich am Ende mitten auf der See über Bord werfen, und da weiß ich gewiß, daß meine arme Seele keine Ruhe hätte, sondern spuken ginge über die wilden Wellen. Wie schön steht dagegen hier der Wald über den Gräbern meines Grafen und seiner Gemahlin, die Vögel singen in den Zweigen rings umher, das Wild äst friedlich um die beiden Steine mit den Inschriften, und wenn die alte Flor auch erst die Augen schließt und den Platz nicht mehr sauber halten kann, wächst Moos und Gestrüpp darüber hin, und hier, wo sie im Verborgenen glücklich waren, ruhen sie im Verborgenen aus von ihrem Glück. Da will ich auch einmal meine Ruhe finden.

 tredition®

Über tredition

Eigenes Buch veröffentlichen

tredition wurde 2006 in Hamburg gegründet und hat seither mehrere tausend Buchtitel veröffentlicht. Autoren veröffentlichen in wenigen leichten Schritten gedruckte Bücher, e-Books und audio-Books. tredition hat das Ziel, die beste und fairste Veröffentlichungsmöglichkeit für Autoren zu bieten.

tredition wurde mit der Erkenntnis gegründet, dass nur etwa jedes 200. bei Verlagen eingereichte Manuskript veröffentlicht wird. Dabei hat jedes Buch seinen Markt, also seine Leser. tredition sorgt dafür, dass für jedes Buch die Leserschaft auch erreicht wird.

Im einzigartigen Literatur-Netzwerk von tredition bieten zahlreiche Literatur-Partner (das sind Lektoren, Übersetzer, Hörbuchsprecher und Illustratoren) ihre Dienstleistung an, um Manuskripte zu verbessern oder die Vielfalt zu erhöhen. Autoren vereinbaren direkt mit den Literatur-Partnern die Konditionen ihrer Zusammenarbeit und partizipieren gemeinsam am Erfolg des Buches.

Das gesamte Verlagsprogramm von tredition ist bei allen stationären Buchhandlungen und Online-Buchhändlern wie z. B. Amazon erhältlich. e-Books stehen bei den führenden Online-Portalen (z. B. iBookstore von Apple oder Kindle von Amazon) zum Verkauf.

Einfach leicht ein Buch veröffentlichen: **www.tredition.de**

Eigene Buchreihe oder eigenen Verlag gründen

Seit 2009 bietet tredition sein Verlagskonzept auch als sogenanntes "White-Label" an. Das bedeutet, dass andere Unternehmen, Institutionen und Personen risikofrei und unkompliziert selbst zum Herausgeber von Büchern und Buchreihen unter eigener Marke werden können. tredition übernimmt dabei das komplette Herstellungs- und Distributionsrisiko.

Zahlreiche Zeitschriften-, Zeitungs- und Buchverlage, Universitäten, Forschungseinrichtungen u.v.m. nutzen diese Dienstleistung von tredition, um unter eigener Marke ohne Risiko Bücher zu verlegen.

Alle Informationen im Internet: **www.tredition.de/fuer-verlage**

tredition wurde mit mehreren Innovationspreisen ausgezeichnet, u. a. mit dem Webfuture Award und dem Innovationspreis der Buch Digitale.

tredition ist Mitglied im Börsenverein des Deutschen Buchhandels.

Dieses Werk elektronisch lesen

Dieses Werk ist Teil der Gutenberg-DE Edition DVD. Diese enthält das komplette Archiv des Projekt Gutenberg-DE. Die DVD ist im Internet erhältlich auf **http://gutenbergshop.abc.de**

Zeitfracht Medien GmbH
Ferdinand-Jühlke-Straße 7
99095 Erfurt, Deutschland
produktsicherheit@kolibri360.de